Der Tod wäscht alles rein

Das Buch

Drei Brüder. Der Älteste, Ettore, begeht Selbstmord, der Zweite, Michele, wird umgebracht. Nur der Jüngste, Raffaele, überlebt. Im Hintergrund eine dominante Mutter und das leidende Herz Sardiniens. Es ermittelt Commissario Sanuti, ein Mann vom Festland, der sich mit den uralten Mythen und Gebräuchen Sardiniens erst vertraut machen muss. Was hat die lange zurückliegende Familienfehde, die in dem blutigen Gemetzel auf einer Hochzeitsfeier gipfelte, mit dem Fall zu tun? Oder die alte Frau, die noch nach Jahrzehnten auf das Grab ihres ehemaligen Bräutigams spuckt? Erst durch ein tieferes Verständnis der sardischen Seele scheint der grauenerregende Fall zu lösen …

Der Autor

Marcello Fois wurde 1960 im sardischen Nuoro geboren. Obwohl er heute in Bologna lebt, ist seine Heimat Sardinien in seinen Romanen immer präsent. Er gilt als der herausragende Vertreter des italienischen Roman Noir. 1992 wurde Fois mit dem begehrten Premio Calvino ausgezeichnet.

MARCELLO FOIS

Der Tod wäscht alles rein

ROMAN

Aus dem Italienischen
von Monika Lustig

List Taschenbuch

GRANDE

Besuchen Sie uns im Internet:
www.list-taschenbuch.de

Umwelthinweis:
Dieses Buch wurde auf chlor- und
säurefreiem Papier gedruckt.

List Taschenbücher erscheinen im
Ullstein Taschenbuchverlag, einem Unternehmen der
Econ Ullstein List Verlag GmbH & Co. KG, München
Deutsche Erstausgabe
1. Auflage November 2002

Titel der italienischen Originalausgabe: Dura Madre
Übersetzung: Monika Lustig
Redaktion: Julia Riesz
Umschlagkonzept: HildenDesign, München – Stefan Hilden
Umschlaggestaltung: Hauptmann und Kampa Werbeagentur, CH–Zug
Titelabbildung: Gerhard P. Müller, Dortmund
Gesetzt aus der Bembo
Satz: Dörlemann Satz, Lemförde
Druck und Bindearbeiten: Clausen & Bosse, Leck
Printed in Germany
ISBN 3-548-68041-0

Diese ganze Barbarei spielte sich
nicht nur in den blutroten
Träumen Angelos ab.

J. Giono,
Der Husar auf dem Dach

0.

(was die Raupe Tod nennt …)

»Also schicken wir es ab?«, hatte Costantino gefragt.

»Ich geh zur Post und mach ein nettes Päckchen. Ich mach's allein, du brauchst nicht mitzukommen«, hatte er genau zu dem Zeitpunkt verkündet, als der liebe Gott seinen Spaß mit dem Sonnenuntergang hatte.

»Der da oben hat seinen Spaß mit dem Sonnenuntergang«, meinte Costantino dann auch.

Raffaele hatte ihn angesehen und sich dann dem letzten zartblauen Himmelsstreifen zugewandt, über dem auch ein Wolkenschleier lag. Er schüttelte den Kopf, als wollte er sagen, dass es richtig besehen doch kein so großartiger Spaß sei.

Costantino sog an seiner Zigarette, bis er den stechenden Geschmack des Filters im Mund hatte.

»Was ist jetzt?«, fragte er.

»Ich weiß nicht so recht«, erwiderte Raffaele ausweichend.

»Kein Problem«, beeilte sich Costantino zu sagen: »Wieder Freunde.« Dabei schnipste er den Zigarettenstummel übers Geländer ins Panoramatal hinunter. »Ich mach's allein.«

»Es ist nicht aus Feigheit«, versuchte Raffaele zu erklären. »Aber vielleicht ist es besser zu warten.«

Costantino schaute jetzt völlig entrückt, als wollte er unter keinen Umständen den einen Moment verpassen, in dem das Licht in die Dunkelheit überging.

»Sicher, es ist eine schöne Sauerei«, sagte er wie zu sich selbst.

Raffaele drehte sich nicht einmal um. »Eine schöne Sauerei«, pflichtete er ihm bei.

Sie schwiegen und beobachteten, wie die ersten Sterne aufblinkten und die Lichter von Oliena die Finsternis im Tal zum Pulsieren brachten.

»Es ist gefährlich, das hier ist heiße Ware«, bemerkte Raffaele und steckte sich eine Zigarette an. Die Flamme aus dem Feuerzeug tauchte sein Profil in helles Licht und ließ seine glänzende Nasenspitze sichtbar werden.

»Wer weiß schon, ob es gefährlich ist«, antwortete Costantino nur kurz.

»Ich weiß das verdammt gut! Das ist nicht gerade wie ein Spaziergang über den Corso! Mein Bruder hat wegen diesem Zeug dran glauben müssen!«

»Na ja, dein Bruder hat dran glauben müssen, weil er nicht das Richtige getan hat, das war der Grund!« Costantinos Einwand sollte energisch klingen, seine Stimme war aber ziemlich kraftlos.

»Du stellst es viel zu einfach hin«, wehrte Raffaele ab.

Costantino lächelte und streckte die Hand aus, um ein paar Züge von Raffaeles Zigarette zu nehmen. »Ich weiß schon, was du sagen willst, aber wer nicht wagt, gewinnt auch nicht. Ich hab's satt zu warten.«

»Und überhaupt – warten worauf?«, fragte Raffaele und reichte ihm die Zigarette. »Da kann man echt wütend werden.«

»Siehst du, dass ich Recht habe?«

Auch der Zauber der Landschaft verschwand wie ein zu oft gesehener Film.

»Zuerst sag ich mir, man muss sich damit abfinden, dann schau ich, wie die Dinge wirklich stehen: Verdammt, ich bin schon zwanzig! Ich würde gerne mal einem Mädchen eine Pizza bezahlen, sie auf einem vernünftigen Motorrad herumkutschieren, he!«

»Eine Pizza bezahlen ...«, wiederholte Raffaele und gab zu verstehen, dass er sich damit nicht begnügen würde.

»Genau das, was glaubst du denn? Dass ich ein Triebtäter bin wie du?«

»Manchmal denk ich, ich dreh durch, ich denk, ich halt's nicht mehr aus«, pflichtete Raffaele ihm bei.

»Es gibt immer noch die da«, sagte Costantino und hob die rechte Hand hoch.

»Scheiße, ich hab einen Mordshunger«, sagte Raffaele.

Sie hatten sich auf eine Bank gesetzt, in die alle möglichen Schriften eingeritzt waren: *Efisio aus Irgoli ist ein geiler Typ!!! Maria G. scharfe Möse! Marco ist schwul! Gary, ich liebe dich! Rosy 84 ist fertig. Simone kümmer dich um deinen eigenen Scheiß! Giovanna lässt sich in den Arsch ficken! Meiner ist 30 Zentimeter lang, ruf mich an unter ...*

»Du denkst immer nur an Fressen und Ficken«, meinte Costantino, während er auf der Bankleiste zwischen seinen geöffneten Beinen las, dass Giusy M. 82 Max 80 liebte.

»Was heißt hier Ficken«, wehrte Raffaele ab, »ein einziges Mal. Wenn du's nicht wiederholen kannst, dann lass es lieber ganz bleiben, danach ist es nämlich nur noch schlimmer.«

»Besser einmal als keinmal«, räsonierte Costantino.

»Besser keinmal«, wiederholte Raffaele beharrlich. Wind

war aufgekommen. Über ihren Köpfen kreisten jetzt dunkle Wolkenknäuel. »Geh nicht hin«, flehte er ihn an. »Es ist eine Schwachsinnsidee«, sagte er.

»Scheiße, meine Zigaretten sind zu Ende, ich dachte, ich hab noch ein Päckchen«, sagte Costantino nervös und knöpfte seine Jacke auf, um die Innentasche abzutasten. »Weißt du, was ich gar nicht ertragen kann?«, fuhr er fort und versuchte, die rote Schrift auf seinem T-Shirt verkehrt herum zu lesen.

Raffaele wartete ab, ohne zu antworten.

»Ich ertrage es nicht, dass einer das Pech hat, an einem Ort wie diesem auf die Welt zu kommen, und es nicht einmal schafft abzuhauen.«

»Vielleicht gehe ich nach Deutschland, zu meinem Onkel. Wir könnten zusammen gehen«, schlug Raffaele vor. »Obwohl es auch dort nicht mehr so einfach ist … Außerdem, was soll ich dann meiner Mutter erzählen?«

»Das wollten wir schon so oft, aber das Problem ist immer dasselbe«, sagte Costantino mit wissendem Gesichtsausdruck. »Woher sollen wir das Geld für die Fahrt nehmen?«

»Vielleicht brauchen sie uns auf der Baustelle.«

»Und dann?«

»Dann fahren wir los … Vielleicht.«

»Manchmal schwebst du einfach in den Wolken«, sagte Costantino.

»Was zum Teufel steht auf deinem T-Shirt?«, fragte Raffaele unvermittelt und schlug Costantinos Jacke auseinander.

Das Kinn aufs Brustbein gepresst, versuchte Costantino, die Schrift zu lesen: »Was weiß denn ich, es gehört meiner Schwester.«

»*Was die Raupe Tod nennt* …«, buchstabierte Raffaele langsam von der Brust seines Freundes. Doch der Rest des Satzes war unterhalb des Gürtels versteckt.

»Das bedeutet nichts«, schloss Costantino, »was die Doofe für Klamotten kauft.«

Doch Raffaele bestand darauf, dass er das T-Shirt aus der Hose zog. »Es bedeutet nichts, weil man das Ende nicht sieht«, verkündete er.

Also stand Costantino auf und zog das T-Shirt heraus. »Na los«, sagte er und hielt den Saum so, dass Raffaele lesen konnte.

»*Was die Raupe Tod nennt, heißt bei den Menschen Schmetterling*«, las Raffaele. »Siehst du, es bedeutet doch etwas«, stellte er voller Genugtuung fest.

»Wenn du meinst …«, erwiderte Costantino verblüfft.

»Lass mich mal das T-Shirt anziehen«, bat Raffaele.

»Jetzt?« Costantino war überrascht.

Raffaele zuckte mit den Achseln. »Na los, leih's mir mal für ein Weilchen.«

»Und wer bringt's dann meiner Schwester bei?«

»Wieso? Lässt du dich jetzt von deiner Schwester herumkommandieren?«

Von der Allee aus gesehen, hätte man die beiden mit ihren schmächtigen, milchig weißen Oberkörpern auch mit zwei Birken im Mondlicht verwechseln können.

»Schöne Farbe«, sagte Raffaele und strich sich das T-Shirt auf dem Körper glatt. Es roch nach Deospray und ein wenig nach Schweiß, aber es war kein übler Geruch.

»Behalt es, wenn es dir gefällt. Ich schenk es dir«, brummelte Costantino und zog sich die Jacke über der nackten Brust zu.

»Und deine Schwester?«

»Pfeif drauf.«

»Jetzt spiel nicht verrückt«, beschwor Raffaele ihn.

»Also wenn ich's schaffe, fahren wir zusammen ab«, versprach Costantino.

Raffaele beugte sich so weit nach vorne, dass er einen Blick nach unten werfen konnte.

Er dachte, dass auf diesem Flecken Erde Wunder möglich waren. Millionen Wunder waren bereits geschehen, unglaubliche Dinge: totes Vieh, das durch die Hand eines Kindes wieder auferstand; Getreideernten, die dank Novenen und Rosenkränzen von den Heuschrecken verschont wurden; Warzen, die mit Weiden und grobem Salz in der Johannisnacht geheilt wurden; tot geglaubte Menschen, die sich von ihrem Lager erhoben und die Kerzen ihrer Totenkammer ausbliesen.

Er dachte, dass jetzt der Moment für ein weiteres Wunder gekommen sei. Denn Costantino, dieser Wahnsinnige, wollte sie alle verarschen.

1.
(der Ort, die Leiche)

Der Name war geblieben: *Sa 'e Marongiu.* In jüngster Vergangenheit bedeutete das ein gerade verkauftes Grundstück; in fernerer Vergangenheit: eine Olivenpflanzung; in der Gegenwart: ein Penthouse und zwei Geschäftsräume im Erdgeschoss des Neubaus; und für die Zukunft: Wohlstand durch Mieteinnahmen.

»So machen sie es eben«, erklärte Salvatore Corona dem Commissario Sanuti, »sie verkaufen ihren Grund und Boden im Tausch gegen Wohnungen.«

Der Commissario blickte auf die Leiche, die wie Christus am Kreuz dalag, einer Vogelscheuche ähnlich, die aus dem Boden gerissen und aufs Feld geworfen worden war.

»Den haben sie auf den Rücken gedreht«, stellte er fest und starrte das braune Blütenmuster in einem Meter Entfernung und die Pfütze fauligen, dunklen Bluts zwischen Achselhöhle und Hüfte des Toten an. »Ich würde behaupten, den haben sie von hinten niedergestreckt und dann umgedreht.«

»Dafür ist zu viel Blut auf dem Boden und zu wenig auf der Brust«, gab der Staatsanwalt Corona zu bedenken. »Wer ihm diesen Dienst erwiesen hat, hat sich nicht die Mühe gemacht, ihn umzudrehen.«

Sanuti nickte gewichtig. »Der Gerichtsarzt wird das schon feststellen, aber meiner Meinung nach ist mindestens eine halbe Stunde zwischen dem Tod und dem Verlegen der Leiche vergangen.«

In der Zwischenzeit herrschte fieberhaftes Treiben um den Toten. Ein Polizeibeamter mit einer Rolle Absperrband, wie es für Arbeiten auf der Autobahn benutzt wird, bahnte sich, um Verzeihung bittend, zwischen dem Staatsanwalt und dem Commissario seinen Weg. Andere suchten den Boden nach Spuren des Tathergangs ab.

Der dickleibige Fotograf vom Erkennungsdienst, der um neun Uhr in der Früh bereits nass geschwitzt war, richtete sein Objektiv auf die Verletzungen, die Hände, das Gesicht des auf der Erde hingestreckten Mannes. Dann verschaffte er sich Platz mit einer Schwimmbewegung und versuchte den ganzen Körper aufs Bild zu bekommen.

»Marongiu Michele«, sagte Commissario Sanuti und verhaspelte sich beim Nachnamen. Dem Tonfall nach klang es, als wollte er den Toten bitten, sich zu erheben, anstatt den Staatsanwalt über dessen Namen zu unterrichten.

»Seine Hände sind mit Erde beschmutzt, die Fingernägel sind abgebrochen, das Gesicht weist Abschürfungen auf«, fuhr er fort. »Er hat versucht, am Felsgrat hochzuklettern und sein Leben zu retten«, sagte er, auf einen langen Blutstreifen hinweisend, der sich wie der Schleim einer Riesenschnecke von dem dunklen Fleck einige Meter weiter oben bis zum Körper auf dem Boden zog.

Der Leichnam war in der Tat zwischen dem flachen Boden und der Felswand eingekeilt, das Kinn aufs Brustbein gepresst.

Auch in den gleichmäßigen Furchen, die die Raupenbagger

auf dem offenen Platz hinterlassen hatten, hatte sich Blut gesammelt. An dieser Stelle sollten bald die Grundmauern eines neuen Wohnhauses hochgezogen werden.

Der Beamte hatte mit Hilfe des weiß-roten Absperrbands und einiger Maurereisen eine ausreichend große Fläche abgetrennt.

Als der Gerichtsarzt eintraf, war schon eine gute Stunde seit der Meldung vergangen. Osvaldo Pintus stellte sich in geringer Entfernung von der Leiche auf; sein Blick ähnelte dem eines Kunstkritikers, der sich anschickt, eine Expertise zu erstellen. Er betrachtete die Einschusslöcher in der Jacke auf Höhe der Brust des Toten, dann hob er den Kopf, fixierte den ausgefransten Fleck auf der Felswand und kehrte, der blutigen Spur folgend, wieder an den Ausgangspunkt zurück.

»Kennen Sie schon Commissario Sanuti? Er vertritt Curreli«, fragte Salvatore Corona.

Osvaldo Pintus bejahte, ohne sich umzudrehen.

»Man hat mich bereits gestern die ganze Runde drehen lassen«, erklärte der neue Mann.

»Herzlich willkommen«, spöttelte der Gerichtsarzt. »Frisch gewagt …«

Salvatore Corona näherte sich ihm von hinten. »Wir glauben, dass er versucht hat, über die Felswand zu klettern …«, warf er in den Raum und teilte damit die Verantwortung für diese These mit dem Commissario Sanuti, der einige Meter auf Abstand gegangen war und ins Leere schaute.

Osvaldo Pintus bedeutete ihm mit der rechten Hand, er solle schweigen. »Kein Blut von der Taille abwärts«, sagte er nach einigen Sekunden und beugte sich zum Leichnam. Als führte er ein Selbstgespräch und machte sich im Geiste Arbeitsnotizen, fuhr er fort: »Kugelhagel in den Rücken, scheinbar. Folglich: Aorta durchtrennt, Lunge durchlöchert, sechste und siebte Rippe zerschossen, ein Blutmeer.« Damit hatte Osvaldo Pintus gerechnet.

Ganz offensichtlich hatte Michele Marongiu versucht, über die Felswand zu fliehen, die höchstens drei Meter hoch war. Dass der Leib zu Boden »gerutscht« war, als er in den letzten Sekunden seines Lebens mit dem Gesicht gegen den Felsen dem Rückstoß der Schüsse standgehalten und die Schwerkraft ihn dann nach unten gezogen hatte, war an einer ganzen Reihe von Anzeichen klar zu ersehen. Der linke Schuh, den er noch am Fuß trug, war an der Spitze so zerschlissen, als hätte der Ärmste die dreißig Kilometer Pilgerwanderung von Nuoro nach Lula auf den Knien gemacht, wie es die Franziskaner verlangen.

Osvaldo Pintus musste lächeln: Seine jüngste Tochter hatte erst am Vortag verkündet, dass sie mit ihren Freunden genau an diesem Pilgerzug teilnehmen wollte. »Ihr macht einfach so einen Ausflug dahin. Einfach so zum Spaß!«, wiederholte er in Gedanken, als stünde seine Tochter mit ihrem gewinnenden Lächeln noch vor ihm. »Wenn ihr euch nicht für Religion interessiert, warum fahrt ihr dann nicht irgendwo aufs Land!«, wiederholte er immer noch in Gedanken …

Als Salvatore Corona ihm auf die Schulter tippte, drehte er sich nicht einmal um. Er war daran gewöhnt, einfach so von einem Gedanken zum anderen zu springen. »Sieh dir den Schuh an«, sagte er lediglich, während er sich anschickte, den Grad der Leichenstarre zu bestimmen.

Der Staatsanwalt betrachtete den Schuh mit der stark abgewetzten Spitze und folgerte: »Der hat versucht, sich auf den Beinen zu halten.«

Der Gerichtsarzt drehte sich um: »Er wollte über den Felsen klettern. Er ist nicht in dieser Position gestorben, das steht fest.«

»Wie lange ist das her?«, fragte Commissario Sanuti.

Osvaldo Pintus kratzte sich am Kopf, und zwar genau an der Stelle, wo sich das Haar lichtete. »Wollen wir schätzen?«, fragte er zu Salvatore Corona gewandt.

Er nickte: »Schätzen wir.«

»Ich sage, dass er seit mindestens zehn Stunden tot ist.«

Commissario Sanuti stellte mit Blick auf seine Uhr eine rasche Überschlagsrechnung auf: Es war jetzt Viertel vor zehn am Morgen. »Kurz vor Mitternacht«, verkündete er am Ende seiner Berechnung.

Der Gerichtsarzt presste die Lippen aufeinander und zog die Augenbrauen hoch: Diese eindeutigen Worte, die bis zum Abschluss der Autopsie reine Mutmaßung bleiben mussten, erschienen ihm riskant. »Ungefähr«, schwächte er ab. »Die Leichenstarre ist ziemlich weit fortgeschritten. Wer hat ihn gefunden?«, fragte er, mehr, um das Thema zu wechseln, denn aus wirklichem Interesse.

»Das mobile Einsatzkommando auf Streife«, antwortete Sanuti.

Salvatore Corona kniff die Augen zusammen, um den ganzen Raum ringsum ohne Brille klar zu erkennen. »Wer ist das da?«, fragte er auf einen jungen Mann deutend, der mit dem Kopf zwischen den Händen auf dem Rücksitz eines offen stehenden Streifenwagens saß.

»Der Bruder des Opfers«, antwortete Sanuti.

2.
(noch ein paar Informationen über den Ort des Geschehens)

Die Reste des Kalkverputzes in den Ecken des zementierten Hofs sahen aus wie kleine Mehlhaufen. Der Mistral hatte den Platz rein gefegt, glänzend grau war er jetzt.

»Letzte Nacht war der Wind ziemlich heftig …«, klagte Commissario Sanuti. »Bei Wind werde ich immer nervös, ich konnte kein Auge zutun.«

Staatsanwalt Corona blickte zum Himmel. Die Luft war noch kühl, aber bereits frühlingshaft: Der Mantel wurde ihm langsam zu schwer auf den Schultern und er lockerte die Krawatte ein winziges Stück. »Bei Wind schlafe ich immer wie ein Engel«, sagte er unvermittelt. »Aber ich verstehe, dass es für jemanden, der nicht daran gewöhnt ist … und seine erste Nacht in Sardinien verbringt …«

Der andere sah ihn an und unterdrückte ein Gähnen. »Allein beim Wort Schlafen könnte ich auf der Stelle umfallen. Es ist allerdings nicht das erste Mal, dass ich nach Sardinien komme. Vor fünf oder sechs Jahren habe ich hier am Meer Urlaub gemacht … Was ist denn das hier …«, fragte er ungläubig, als sie den unverputzten Eingang eines Mietshauses betraten.

»Wohnt hier schon jemand?«, fragte er vorsichtig, während er das Schild BAUSTELLE, UNBEFUGTEN IST DER ZUTRITT STRENGSTENS VERBOTEN umging und feststellte, dass tatsächlich bereits einige Wohnungen besetzt waren. Dann versuchte er sich an einem Handlauf aus zusammengenagelten Brettern festzuhalten und die kahlen Treppen aus Rohzement hinaufzusteigen.

Der Staatsanwalt nickte. »Die Leute haben's eilig, in den eigenen vier Wänden zu wohnen«, erklärte er. »Sie haben keine Lust zu warten, bis das ganze Wohnhaus fertig ist. Und noch viel weniger wollen sie abwarten, bis das gesamte Viertel gebaut ist.«

Sanuti verzog den Mund zu einem unschuldigen Lächeln, vielleicht aus Verlegenheit. Es lag etwas Kindliches darin. Und die Art, wie er sich eine Haarsträhne hinters rechte Ohr strich, hatte etwas Jungenhaftes. »Illegale Bewohner …«, sagte er halb überlegend, halb fragend.

Staatsanwalt Corona verzog den Mund. »Illegale Bewohner?«, sinnierte er. »Nein, formell gesehen, nicht«, gab er sich selbst zur Antwort. »Ganz einfach nur ungeduldig«, legte er nach. »Es handelt sich um die ersten Käufer, die einzigen, die bis jetzt eingezogen sind. Später kommen die anderen … Die Grundstücksbesitzer haben dagegen Anrecht auf zwei Wohnungen im Haus. Oder je nach Absprache können sie eine Wohnung nach Wunsch plus die Räume für ein Ladengeschäft im Erdgeschoss haben. Aber sie werden hier nicht wohnen, sie haben es nicht nötig. Sie werden die Wohnungen vermieten. So läuft das in dieser Gegend.«

»Überall ist das so, *dottore*«, präzisierte der Commissario. »Nur wundert es mich, dass die Leute bereit sind, in ein unfertiges Haus einzuziehen und in einem Viertel zu wohnen, das noch Baustelle ist und wo sogar die Straßenbeleuchtung fehlt. Die haben noch nicht mal ein Geländer an den Balkonen.«

»Sie werden sehen, die bewohnten Wohnungen sind im Innern tipptopp ausgebaut. Wissen Sie nicht, dass wir Sarden dreißig Prozent der italienischen Maurer stellen? Vielleicht fehlen die Zimmertüren oder die Heizungsanlage ist noch nicht angeschlossen, aber Sie werden überrascht sein, was für Wohnzimmereinrichtungen und Badezimmer und rustikale Küchen die haben …«

Der letzte Treppenabsatz vor der kleinen Eisentür, die auf die Terrasse führte, sah, wenn das überhaupt möglich war, noch unfertiger aus als der ganze Rest. Die Stufen hatten die Beschaffenheit knuspriger, mit Puderzucker bestäubter Waffeln, so schien es zumindest. Auf diesem Stock fehlte sogar das Geländer. Über die letzte »Waffel«-Treppe gelangten sie auf einen engen Treppenabsatz, von wo aus man die anstößige Nacktheit des gesamten Treppenhauses und der Innenräume im Blick hatte.

Leichter Sonnenschein hatte die metallene Terrassentür leicht erwärmt. Commissario Sanuti machte sich an einer Absperrung aus Stacheldraht zu schaffen, bis sie schließlich aufging. Nachdem er einen Blick auf die Terrasse geworfen hatte, ließ er dem Staatsanwalt Corona den Vortritt.

»Bitte sehr, bitte sehr …«, sagte der andere abwesend.

»Aber nein doch!«, insistierte der Commissario, ohne sich zu rühren.

Salvatore Corona schüttelte den Kopf. Er bückte sich ein wenig und schlüpfte durch die Türöffnung auf die Terrasse.

Angelo Sanuti setzte den Fuß auf die gummiartigen Teerblätter, die mit dem Schneidbrenner auf den Zement geklebt waren. Ein schwacher Geruch nach Dieselbenzin erinnerte ihn daran, dass er noch nicht gefrühstückt hatte. Von hier aus gesehen war das Häusergewirr der so genannten »Residenzviertel« völlig ununterscheidbar. So als hätten verrückte Architekten untereinander gewetteifert, wer von ihnen am meisten Aufsehen erregen kann. Genauso drückte es der Commissario aus.

Zum ersten Mal an diesem Tag musste der Staatsanwalt lachen. »Was für Architekten?«, prustete er. »Was Sie hier sehen, ist das Krankenblatt der meist verbreiteten Krankheit in dieser Gegend: der Baukrankheit. Jeder hier fühlt sich als Architekt, früher oder später ist es so weit. Die richtigen Architekten arbeiten nur an der Küste, mein Lieber. Die Berge sind das Gebiet der Maurermeister, Helden der Zinnen und Fensterdekorationen. Zuerst begeistern sie sich fürs Mittelalter, dann für den Tiroler Stil«, und dabei deutete er auf eine kleine Villa nicht weit entfernt: Sie hatte ein Schrägdach und die Balkone waren aus Holz mit geschnitzten Zierlöchern. »Man kann froh sein, wenn sie keine allzu schreienden Farben für den Verputz verwenden.«

Ein Hauch des Windes, desselben, der die vergangene Nacht gepeitscht hatte, spielte mit den Haaren des Commissarios, um ihm klar zu machen, dass er sich nicht zu früh freuen sollte. Denn er, der Wind, würde zurückkehren, vielleicht in ein paar Stunden, vielleicht genau zur Stunde des Zubettgehens. Bei dem Gedanken machte Sanuti eine ärgerliche Bewegung und versuchte zum wiederholten Male, sich die Haare aus dem Gesicht zu streichen.

»Jedenfalls habe ich Sie nicht gebeten, mich hier hochzubegleiten, um über Städtebau zu plaudern«, beeilte sich der

Staatsanwalt zu sagen, denn er deutete das Unbehagen des Commissarios als Ungeduld. Der sah ihn wegen des veränderten Tons etwas überrascht an. »Ich wollte nur, dass Sie sich ein Bild machen«, begann er von neuem. »Sie sind neu hier und ich habe einige Erfahrung mit dieser Stadt. Ich dachte einfach, wenn sie von hier oben einen Blick auf die Stadt haben könnten, wäre es für Sie leichter, die Dinge zu begreifen. Können Sie mir folgen?«

Wieder lächelte der Commissario sein jungenhaftes Lächeln.

»Dreißig Jahre Fortschritt«, fuhr der Staatsanwalt fort und merkte, dass der Commissario nur die Augenbrauen hochzog, »das bedeutet, dreißig Jahre Gelder, die von vielen Seiten geflossen sind, als das Fass ohne Boden zu sein schien. Das Problem ist, dass man sich schwer tut, auf das Geld zu verzichten, wenn es einmal zu Ende ist.«

»So geht es allen, *dottore*«, wiederholte Sanuti und verlieh diesem Satz eine tragikomische Färbung.

Der Staatsanwalt konnte ein Lachen nicht unterdrücken. »Das stimmt, wieder haben Sie Recht: Es ist immer die gleiche Geschichte.« Einige Sekunden standen sie da und betrachteten schweigend die Landschaft. Da gab es Einzelheiten, die ganz und gar nicht zu verachten waren: Die Bergkette schien wie eine Reproduktion der Dolomiten in kleinerem Maßstab. Und das Zusammenspiel so vieler Farbtöne: Grün auf Grün, Gelb auf Gelb, Erdfarben auf Erdfarben. Und der Himmel mit seinem malerischen Azurblau, das nach der windigen Nacht wie mit einer Lackschicht überzogen war. Und dann die Szenerie der Altstadt, die Zwillingstürme der Kathedrale, die dunkle Masse des Ortobene. Alles perfekt zusammengestellt, wie in der guten Stube, der für die Gäste.

»Merkwürdig ist«, begann der Staatsanwalt und folgte einer ganz eigenen Logik, »dass man einfach keinen roten Faden erkennen kann, man begreift nicht, wie Leute, die so sehr an der Vergangenheit hängen, ihre eigene Stadt, ihr eigenes Haus auf diese Art und Weise verschandeln konnten.«

»Vielleicht, weil die Vergangenheit auch nicht besser war als die Gegenwart«, hielt Sanuti forsch dagegen.

»Gewiss war die nicht besser«, stimmte der Staatsanwalt lebhaft bei. »Die Vergangenheit ist ein Feld für Gebildete, aber die Häuser ohne Badezimmer gefallen keinem, vor allem nicht den Gebildeten. Und diese Stadt hat mehr Gebildete hervorgebracht als fähige Politiker. Können Sie mir folgen? Doch ich warne Sie, ich bin ein unverbesserlicher Pessimist.«

»Tja, das habe ich befürchtet.« Der Commissario nahm es mit Humor. »Aber vielleicht kommt das daher, dass die Gebildeten, wie Sie sie nennen, auch in der Vergangenheit ein angenehmes Leben geführt haben.«

»Sind Sie nicht zu jung für so viele Weisheiten?«, stichelte der Staatsanwalt in fast liebevollem Ton.

»Ich bin gar nicht so jung, wie es aussehen mag, *dottore*. Vielleicht gehen wir jetzt besser wieder nach unten.« Der Ton des Commissarios war nicht weniger freundlich.

»Ich wollte einfach nur wissen, was Sie davon halten«, sagte Salvatore Corona und lehnte sich hinaus, um den Freiplatz darunter in Augenschein zu nehmen, wo die Beamten des Einsatzkommandos und des Erkennungsdienstes sich noch immer um die Leiche zu schaffen machten.

Der Commissario fing die Frage im Flug ab: »Eine interne Abrechnung?«, tippte er.

Der Staatsanwalt hob die Schultern. »Ein Freund von mir hätte jetzt geantwortet: ›Schön war's!‹ Doch ich glaube, dass ich die Zeit der Gewissheiten ganz offiziell für beendet erklären darf.«

Der Commissario stieß ein kratziges Lachen aus. »Er hätte gesagt ›Schön war's‹?«, fragte er.

»Genau so hätte er sich ausgedrückt«, bestätigte der Staatsanwalt. »Er ist nostalgisch. Die Vergangenheit, als man seinem Feind noch in die Augen sehen konnte, ist ihm bedeutend lieber.«

»Alles weist darauf hin, dass man dem Opfer bis zu diesem Felsgrat nachgesetzt und es beim Versuch, darüber zu klettern, erledigt hat ... aber ...«, sinnierte der Commissario.

»Aber?«

»Aber es fehlen die Spuren einer Verfolgungsjagd: Es gibt keine Reifenspuren, keine Fußabdrücke ... Der Boden um den Toten ist unberührt, abgesehen von den Abdrücken der Raupenfahrzeuge. Ich war einer der Ersten, der heute früh dort eingetroffen ist; ich habe den Tatort, noch bevor die Beamten darauf herumtrampeln konnten, sofort fotografieren und jeden Zentimeter absuchen lassen ...«

»Der Wind«, warf Staatsanwalt Corona ein. »Heute Nacht hat er richtig scharf geweht. Wenn der Mord kurz vor Mitternacht verübt worden ist, wie der Gerichtsarzt annimmt, war ausreichend Zeit, alles schön wegzufegen – da können wir Fußabdrücke oder Reifenspuren vergessen.«

»Das wäre eine Möglichkeit, aber ich habe gehofft, zumindest auf dem vom Felsen geschützten Bodenabschnitt etwas zu entdecken, doch auch da war nichts. Ich weiß nicht, aber die Sache bereitet mir Kopfzerbrechen.«

Sie blieben noch ein Weilchen stehen und blickten von oben auf den Tatort. Die Leiche war inzwischen mit einem Tuch bedeckt worden und wartete auf den Abtransport durch den Krankenwagen.

3.
(Zweifel)

»An der Sache ist etwas faul«, sagte der Gerichtsarzt, der dem Staatsanwalt und dem Commissario entgegeneilte, kaum hatte er sie aus der Haustür treten sehen.

Staatsanwalt Corona schenkte ihm einen mitfühlenden Blick. Dann sah er zu Commissario Sanuti, der ein Zeichen des Einverständnisses machte. Das wussten wir bereits, sollte die Geste bedeuten.

»Es gibt etwas, das uns bisher noch nicht aufgefallen ist«, machte Osvaldo Pintus unbeirrt weiter. »Auf dem Grat sind keine Spuren!«, brachte er es auf einen Nenner. »Nur Blut, eine Wahnsinnsmenge, und keine Spur von Kugeln.«

»Der Wind wird auch die weggetragen haben ...«, spöttelte der Staatsanwalt.

Osvaldo Pintus war einen Augenblick lang verunsichert. »Der Wind?«, wiederholte er erstaunt.

»Nichts, ist schon gut ...«, winkte der Staatsanwalt ab, »es handelt sich um etwas, wovon der Commissario und ich gerade gesprochen hatten.«

Angelo Sanuti verengte die Lider und machte sich nicht die

Mühe, die Haarsträhne aus dem Gesicht zu streichen. »Soll das etwa heißen, die Schüsse haben keine Spuren auf dem Felsen hinterlassen?«, fragte er.

»Es gibt keine Spuren«, sagte der Gerichtsarzt hitzig. »Die Felswand ist absolut glatt. Gehen Sie nur hin und sehen Sie nach …«

Unterdes hatte der Commissario sich zu einem Polizeibeamten umgedreht und ihm zugerufen, er solle näher kommen. Gehorsam war der nach vorne geschnellt und aufgeregt sprachen sie einige Minuten miteinander. Der Beamte rief einen Kollegen herbei und der noch einen dritten.

»Es handelt sich um ein Jagdgewehr«, trug Angelo Sanuti vor, als er wieder bei dem Staatsanwalt und dem Gerichtsarzt war. »Die Kartuschen haben sie mit nach Hause genommen. Mindestens vier Schüsse wurden abgefeuert und keine einzige Kartusche ist zu sehen«, erklärte er.

»Dann geht ja alles auf«, kommentierte Osvaldo Pintus ironisch.

Der Staatsanwalt warf ihm einen Blick zu, als wollte er ihn tadeln. Angelo Sanuti deutete ein Lächeln an.

»Das heißt, es geht rein gar nichts auf!«, fuhr der Gerichtsarzt fort.

Als Reaktion darauf tat Staatsanwalt Corona so, als wollte er den Arzt ohrfeigen, hielt aber wenige Zentimeter vor dessen Wange inne. »Gehen wir einen Kaffee trinken!«, schlug er vor.

4.
(Marongiu Raffaele und Ettore und Michele)

»Marongiu Raffaele«, sagte der junge Mann leise. Er hockte auf dem Stuhl im Kommissariat wie auf Brennnesseln.

Angelo Sanuti kippte seinen Kaffee hinunter, der mit erstaunlicher Geschwindigkeit kalt geworden war. »Es heißt, dass wir uns schon kennen ... Nicht ich und du persönlich: Ich bin neu hier in der Gegend, ich bin gerade erst angekommen.«

»Ich bin ... vorbestraft ...«, sagte der Bursche heiser und mit angespannten Halssehnen.

»Ich sehe, ich sehe«, bestätigte Sanuti, wobei er die einzige Aktenmappe auf seinem Schreibtisch durchblätterte. »Man hat dir eine Falle gestellt. Es war Stoff für dich. Für den Eigengebrauch. Geschenke für die Freunde in der Disko. Oder hattest du überhaupt nichts damit am Hut, he?«

Der Junge riss entsetzt und zugleich verblüfft die Augen auf. Sie waren von einem unvorstellbaren Graublau, eingerahmt von hervorstehenden Wangenknochen und buschigen Augenbrauen, die wie das Fell eines Otters glänzten. Bei näherem Hinsehen erkannte man, dass sein ganzes Gesicht von außerordentlicher Feinheit war: das kantige Kinn, die von einem leichten Bartansatz überzogenen Wangen, der fleischige, karmesinrote, fast violette Mund.

»Ich habe es gleich mit dem vollständigen Register versucht«, meinte Sanuti ironisch. »Ich wollte keine Zeit verlieren.«

Der junge Mann senkte den Kopf, als würde er seine Füße betrachten oder die bunten Farbflecken auf den Kieskacheln zählen.

»Ich habe bereits dafür bezahlt. Ich war im Knast«, murmelte er, ohne den Kopf zu heben.

Sanuti beugte sich zu ihm hin, als wollte er ihn mit einem Hechtsprung auf der anderen Seite des Schreibtischs erreichen. »Was?«, fragte er mit übertriebenem Nachdruck.

Dieses Mal hob der Junge die Augen. Die Pupillen hatten die Sperre der borstigen Wimpern überwunden. Sein Mund war zu einem schmalen Strich geworden und die Nase war gerade noch ein Schriftzeichen, eine Linie auf seinem Gesicht. »Ich habe dafür gebüßt«, sagte er und dehnte jeden einzelnen Buchstaben, als spräche er zu einem Tauben.

Sanuti begriff in Windeseile. Mit einer Bewegung aus dem Kreuz nahm er wieder die aufrechte Haltung ein. »Hier steht es geschrieben«, wiederholte er. »Sechs Monate auf Bewährung wegen Rauschgiftbesitz. Drei Tage nach dem achtzehnten Geburtstag«, fügte er erläuternd hinzu, um an Boden zu gewinnen. Ein Zucken durchlief die Linie, die das Gesicht des Jungen in zwei Hälften teilte. »Acht Monate ohne die allgemeinen mildernden Umstände für dasselbe Vergehen kaum zwei Monate später. Entweder haben sie dich reingelegt oder du hältst dich für schlauer, als du bist.«

Der Bursche zuckte nur die Achseln, als wollte er sagen,

dass es ihn einen feuchten Kehricht interessierte, was der Commissario erzählte.

»Jedenfalls warst du schon einmal hier drin«, legte Sanuti nach. Erneut kam von seinem Gegenüber nur ein stummes Schulterzucken.

»Hast du nichts dazu zu sagen?«, fragte Sanuti und begann nervös zu werden. Das Verrückte war, dass er nicht begriff, weshalb.

»Sie haben bereits alles selbst gesagt«, meinte Raffaele Marongiu nach einer guten Minute Stillschweigen. »Ich wollte nur wissen, ob ich ... zur Personenidentifizierung oder wegen meiner Vorstrafen ... festgenommen wurde.« Nur bevor er das Wort »Personenidentifizierung« aussprach, hatte er einen Moment gezögert, den Rest des Satzes hatte er flüssig über die Lippen gebracht.

»Jetzt übertreib mal nicht. Hier wird niemand festgenommen«, stellte Sanuti eilig klar. »Es ist wegen der Personenidentifizierung, genau deshalb. Und wegen meiner Manie, klar und ohne Umschweife zu reden. Solange ich hier in diesem Kommissariat noch etwas zu sagen habe.«

»Es ist mein Bruder«, versuchte der junge Mann ohne irgendeine Gefühlsregung das Gespräch zu beenden, denn er hatte es eilig, verabschiedet zu werden.

Sanuti ließ ihn jedoch nicht gehen. Er machte es sich vielmehr so richtig bequem in seinem Sessel. »Dein älterer Bruder?«, fragte er, während er nach einer Schachtel Zigaretten suchte.

»Nein«, erwiderte der Bursche nur knapp. Es schien, als bräuchte er recht viel Zeit, um Worte zu finden für das, was er sagen wollte. Er sah erneut auf den Fußboden.

»Mein älterer Bruder ist vor vier Jahren gestorben«, sagte er schließlich und hielt noch immer den Blick gesenkt.

»Selbstmord«, bemerkte Sanuti und warf einen Blick in die Aktenunterlagen.

»Sie wissen es doch!«, rief Raffaele Marongiu aus und bewegte den Oberkörper stoßartig, als wolle er einen Satz nach vorn machen. Doch nichts geschah. Der Stoß wurde vom Brustkorb aufgefangen, der Luft pumpte wie ein Ertrinkender. »Lassen wir es gut sein«, bat er inständig. Es klang wie das Maunzen einer hungrigen Katze, die sich nicht zum Futter wagt. »Sie wissen es doch«, wiederholte er und unterdrückte die Tränen.

»Erzähl mir von ihnen«, drängte Sanuti und verlieh dieser Aufforderung einen Ton, als hingen von der Antwort die Geschicke der Welt ab.

Der junge Mann machte eine Geste der Mutlosigkeit. Er war echt verzweifelt. Falten überzogen sein Gesicht und seinen Hals und seine Lippen wurden zu einem schleimigen Schneckenleib. »Was soll ich Ihnen sagen?«, fragte er noch einmal wie ein Kind, das auf frischer Tat ertappt wurde.

»Was dir gerade durch den Kopf geht. Ich will begreifen, wie du die ganze Geschichte siehst …«

Raffaele starrte ins Leere, sein Blick verlor sich irgendwo hinter den Schultern des Commissarios. Er ließ sich viel Zeit, bevor er zu reden anfing. »Er war der Beste, das wussten alle. Der Beste in der Familie. Er hatte studiert. Wenn etwas zu tun war, konnte er es am besten. Das ist es, was mir durch den Kopf geht.«

»Du meinst deinen älteren Bruder Marongiu Ettore?«, unterbrach Sanuti ihn.

Raffaele Marongiu nickte fast unmerklich. »Marongiu Ettore«, wiederholte er, als antworte er auf den Klassenappell der Lehrerin. »Alle mochten ihn.« Der tiefe Ton seiner Stimme, der tiefste seines Stimmumfangs und der entschiedenste, machte deutlich, dass das Gespräch als beendet gelten konnte.

Angelo Sanuti verschränkte die Arme. Er taxierte den jungen Mann, hob dabei nur wenig das Kinn und verlängerte die Lippen zu einer Art Lächeln. »Er war der Erste«, stellte er fest, als wäre das eine Frage. Raffaele Marongiu beschränkte sich wieder nur auf ein Nicken.

»Tierarzt«, fügte Sanuti hinzu.

»Genau.«

5.
(drei Prachtkerle)

Drei Brüder. Eine zerrüttete Familie. Und es waren Leute, die wirtschaftlich gut gestellt waren. Und es noch immer sind. Sie haben Geschäfte mit Grundstücksverkäufen gemacht. Der alte Marongiu, der Vater, war Schuhmacher … Er war klein und sehr hager.

Wir in dieser Gegend hier haben sie seit eh und je gekannt. Der alte Marongiu, *Arrangadedda*, hatte eine Werkstatt, die wie ein Keller aussah, so dunkel war sie, und dort arbeitete er auch im Winter immer mit offen stehender Eingangstür.

Die Frau war ein Prachtstück, einen ganzen Kopf größer als er; sie stammte aus Lollóve. Es heißt, sie soll alles in die Ehe gebracht haben. Doch soviel ich weiß, hatte auch er trotz seines Lebensstils etwas auf der Seite. Und außerdem besaß er die Grundstücke des Onkels Kanonikus in Biscollai und auch in Badu 'e Carros. Das große Geld haben sie dann mit dem Bauunternehmen gemacht: zuerst das neue Krankenhaus, dann die Kooperativen für den Bau von Einfamilienhäusern …

Ich erinnere mich noch gut an den ältesten Sohn, also Ettore. Er besuchte das Agrarinstitut, es war ein großer, kräftiger

Kerl. Was die Größe anging, schlug er nach der Mutter, nicht nach dem Wicht von Vater.

Geredet wurde viel über ihn: in erster Linie, dass er eine Affäre mit der Lehrerin hätte. Aus dem Grund, erzählt man sich, sei er nach dem Abitur aufs Festland geschickt worden, um Tiermedizin zu studieren. Und den Doktortitel hat er gemacht, da kann man nichts sagen. Es war einer, der sich ins Zeug warf.

Die Geschichte mit der Lehrerin hat natürlich Anstoß erregt, denn sie war verheiratet und hatte Kinder und er war noch ein Grünschnabel, was das Alter angeht, natürlich. Denn wenn man ihn so ansah, wirkte er älter, als er war. Trotzdem weiß man nichts Genaues, es ist ja bekannt, dass die Leute reden, nur weil sie eine Zunge im Mund haben, möglicherweise war alles nur übles Geschwätz.

Wenn man die Mutter hörte, war Ettore nicht einfach nur ihr Sohn, er war Gott auf Erden: Ettore hat dies getan, Ettore hat die Bestnote mit Auszeichnung gekriegt, Ettore wird überhäuft mit Arbeitsangeboten … und so weiter und so weiter …

Dann ist er wegen der öffentlichen Ausschreibung bei der Comunità Montana zurückgekehrt … Er war nicht wiederzuerkennen. Natürlich waren einige Jahre vergangen, aber für eine derartige Veränderung, dazu braucht es einiges!

Er redete nicht einmal mehr anständig. Er hatte sich richtige Festlandsmanieren angewöhnt und sprach die Vokale ganz offen und breit aus.

Mit dieser Stadt hier hatte er nichts mehr zu tun. Doch wenn es ihm auf dem Festland so gut gegangen war, warum ist er dann nicht dort geblieben, frage ich mich. Er ist nur zurückgekommen, um jemand anderem hier den Arbeitsplatz zu stehlen.

Und die Mutter wieder: Das war nicht einfach eine gewöhnliche Arbeitsstelle! Es schien, als wäre er Staatspräsident geworden.

Leute, die ihn auf dem Festland gesehen haben, behaupten, dass das, was man sich zu Hause erzählte, so gar nicht stimmte … Also er war wohl ein ganz gewöhnlicher Typ, ein Einzelgänger wie die anderen in der Familie. Und an der Universität habe er sich Feinde gemacht. Außerdem, doch das muss unter uns bleiben, erzählt man sich, dass er sich auch dort, wo er studierte, mit einer verheirateten Frau eingelassen hätte … Also wenn man das weiß, dann erklären sich viele Dinge von selbst, von wegen Humbug … Er war zurückgekommen, weil er auch dort das Revier beschmutzt hatte, und wenn er nicht von alleine gegangen wäre, dann *hätten* sie ihn schon dazu gebracht!

Als der Vater starb, ist er nicht einmal zum Begräbnis gekommen, er hätte zu viel zu lernen, behauptete er. Wenn es nach der Mutter geht, dann hätten sie sich alle den Mund fusselig geredet, damit er fernbliebe. Laut der Mutter wollte er nach dem Tod des Vaters sein Studium aufgeben, um in ihrer Nähe zu sein. Und angeblich hat sie zu ihm gesagt: Wenn du auch mich unter die Erde bringen willst, dann tu es ruhig! Dein Vater wollte, dass du Arzt wirst. So erzählt er, dass er schweren Herzens auf dem Festland geblieben ist, denn zu jener Zeit hatte er sehr wichtige Prüfungen abzulegen.

Aus Respekt für die Toten wäre es besser, den Mund zu halten, aber die Wahrheit ist, dass Ettore Marongiu sich einfach nicht zu benehmen wusste: Als er dann die Stelle bei der Comunità Montana, der Gebirgsgemeinschaft, hatte, gab es keinen Schäfer oder Viehzüchter, der ihn ausstehen konnte. Das zumindest erzählt man sich hier.

Der andere, der zweite Sohn, war ganz anders. Er war immer schweigsam, mein Gott, aber er war mehr ... Wie soll ich sagen, er war mehr wie einer von hier, wenn Sie wissen, was ich meine.

Er hatte drei Jahre Berufsschule bis zum Diplomchemiker gemacht und hoffte auf einen Posten in Ottana bei der Montedison: Das war zu der Zeit, als sie noch Leute einstellten. Stattdessen ist er Hilfsarbeiter geworden. Er hatte es eilig, von zu Hause wegzukommen. Und dann sagt man, es gäbe keine Kinder erster und zweiter Klasse. Er hat sich alleine durchschlagen müssen, denn von Seiten der Familie konnte er sich nicht viel erwarten. Wie auch, mit seinem Bruder, dem Doktor, der auf dem Festland studierte! Also Michele Marongiu stand daheim nicht in großer Gunst. Aber als dann sein Vater krank wurde, hat er sich abgerackert für die Familie. Ich meine das nicht böse, so was kommt in den besten Familien vor!

Michele war nicht groß und stattlich wie Ettore – der hatte seine Manieren, verstand sich auszudrücken, und dann dieses Festlandsgetue ... Michele hingegen war einfacher, ungehobelter, unerfahrener.

Er hat jung geheiratet. Er hat eine Frau gefunden, sie geschwängert und geheiratet ... Doch das Kind kam nicht zur Welt: Fehlgeburt im fünften Monat. Michele Marongiu war einfach nicht auf der Sonnenseite des Lebens geboren ... Irgendwann hat er dann die Arbeit gewechselt: Er hatte in einem Privatlabor für medizinische Untersuchungen eine Anstellung gefunden, wie es scheint, mit Hilfe seiner Frau, die einen Onkel hatte, der dort Chefarzt war. Doch Kinder stellten sich keine ein, sie hatten es mit allen Mitteln versucht und am Ende mussten sie es einsehen und das Kinderkriegen vergessen.

Eine richtige Pechfamilie. Der Erste bringt sich um, der Zweite wird ermordet aufgefunden, und dann auch noch so …

Vom Dritten, Raffaele, braucht man gar nicht erst anzufangen, ein richtiger Nichtsnutz ist das: Den lieben langen Tag hängt er herum und hat auch schon Probleme mit der Justiz gehabt … Es heißt, wegen Drogengeschichten … Denn hier ist viel davon in Umlauf … Ich, um Himmels willen, ich weiß nicht einmal, wie Drogen aussehen, aber ich sage mir: Wenn es viel davon gibt, bedeutet das, dass es auch viele kaufen … oder nicht?

Das sind also unsere drei Helden … Wer weiß, wie das noch ausgehen wird …

Man sagt, dass die Geschichte mit Micheles Tod ein paar merkwürdige Dinge in dieser Familie ans Licht bringt: Ettores Selbstmord beispielsweise …

6.
(alles gibt zu denken, bedenkt man es genauer)

»Selbstmörder aus Liebe«, fasste Angelo Sanuti zusammen.

Der Staatsanwalt Corona sah ihn mit einem verdrückten Lächeln an. »Auch das kann mal vorkommen«, sagte er und biss in ein mit Creme gefülltes Gebäckstück.

»Er war einer, der jede Frau kriegen konnte, die er wollte«, meinte Sanuti. »Einnehmendes Äußeres, berufliche Absicherung, etwas Geld auf der Seite …«

»Na, der wird sich eben verliebt haben. Und im Übrigen, was hat das mit unserem Toten zu tun?«

»Sie waren immerhin Brüder. Also der eine bringt sich um, der andere wird ermordet: Das gibt doch zu denken, finden Sie nicht?«

»Und der Dritte ist ein kleiner Ganove«, beendete der Staatsanwalt die Aufzählung und klopfte sich den Puderzucker vom Aufschlag des Jacketts.

»Alles gibt zu denken, bedenkt man es genauer: Die Tatsache, dass sie Brüder sind, besagt heutzutage kaum mehr etwas, die Familien sind nicht mehr das, was sie früher waren. Damals, als ich achtzehn war oder so um den Dreh, war alles anders. Denken Sie daran, dass der Ältere, der

Selbstmörder, ganz schön lang auf dem Festland studiert hat.«

»Ich weiß, ich weiß. Er war erst vor einem knappen Jahr zurückgekommen ...«

»Also? Sie sehen doch, wie das zusammenpasst: schwieriger Neustart. Möglicherweise war er verlobt und die Entfernung und der ganze Rest haben ihm zu schaffen gemacht.«

»Na gut, aber er kriegt eine Stelle als Tierarzt bei der Comunità Montana. Wenn er nicht nach Hause zurückwollte, warum hat er sich dann dafür beworben? Keiner hat ihn gezwungen, das ... Festland, wie Sie sagen, zu verlassen«, widersprach Sanuti, während er die gläserne Eingangstür des Cafés aufhielt, um dem Staatsanwalt den Vortritt zu lassen.

»Vielleicht war er unzufrieden mit seiner beruflichen Situation ...?«, spann Salvatore Corona den Gedanken weiter. Der Verkehrslärm vor dem Lokal war wie immer und zwang einen, laut zu sprechen, wenn man verstanden werden wollte.

»Rimini«, sagte Sanuti gedehnt, ohne ihn anzuschauen.

Sie sprachen nicht mehr weiter auf dem Weg zum Kommissariat.

»In Rimini, in Ihrer Gegend«, begann Salvatore Corona von neuem, als er das Büro des Commissarios betrat, und warf ihm einen flüchtigen Blick zu.

»Ja, in meiner Gegend, das heißt aus dem weiteren Umland von Rimini«, stellte Sanuti klar und bat ihn, Platz zu nehmen.

»Der Schreibtisch stand vorher nicht hier, als Curreli da war, meine ich.«

»Ja, ich habe ihn umstellen lassen«, bestätigte der Commissario, »ich sitze nicht gern mit dem Rücken zum Fenster.«

»Es wirkt größer so«, sagte der Staatsanwalt zustimmend.

»So sieht es besser aus, entschieden besser. Was können Sie mir über den Toten erzählen?«

Ein leichtes Klopfgeräusch kam Sanutis Antwort zuvor. Ein Beamter steckte den Oberkörper zwischen Tür und Türrahmen. »Commissario«, sagte er. »Hier ist ein Anruf für Sie aus Rimini, es ist Ihre Mutter.«

»Sag ihr, dass du mich nicht finden kannst, nicht jetzt. Ich hab gerade zu tun.«

Der Staatsanwalt machte Anstalten hinauszugehen, um ihn in Ruhe telefonieren zu lassen, aber Sanuti bat ihn mit einer nervösen Handbewegung, um Gottes willen sitzen zu bleiben. »Ich habe nur sie«, erklärte er. »Sie ist in ständiger Sorge um mich, ich werde sie heute Abend anrufen, wenn ich mehr Ruhe habe. Nach unseren Informationen ist er nicht vorbestraft und hat keine Probleme mit der Justiz«, hob er erneut an, als hätte es gar keine Unterbrechung gegeben.

Der Beamte verschwand und schloss die Tür hinter sich.

»Das Grundstück, auf dem er gefunden wurde, gehörte seiner Familie. Wir haben die Baugenehmigungen, die Verkaufsurkunden, die notariellen Unterlagen überprüft – alles in Ordnung. Es gibt keine ausstehenden Zahlungen, keine Schulden. Seine Ehe ist kinderlos. Er war Chemotechniker in einem Privatlabor für medizinische Analysen. Das ist alles. Die Nachbarn erzählen, dass die Beziehung zum älteren Bruder, dem Tierarzt, der sich das Leben genommen hat, sehr schlecht war. Er lebte in einer Wohnung in der Innenstadt, sagt man, doch dafür brauche ich Ihre Hilfe.«

Staatsanwalt Corona verzog die Lippen zu einem unverbindlichen Lächeln. »Wenn Sie mir die Adresse sagen, zeige ich es Ihnen auf dem Stadtplan«, sagte er. »Gibt es Anhaltspunkte zu dem noch lebenden Bruder, der die Identifizierung vorgenommen hat?«

»Nichts von Bedeutung, für den Augenblick. Er wurde zweimal wegen Drogenbesitzes verurteilt. Ansonsten ist nichts Genaues bekannt. Er und der ältere Bruder lebten zusammen mit der kranken Mutter im Haus des Vaters. Sie hat Arteriosklerose im letzten Stadium: Sie weiß nicht einmal, dass zwei ihrer Söhne tot sind.«

»Das ist eine traurige Geschichte«, meinte Staatsanwalt Corona.

7.
(er ist morgen zurück)

Raffaele Marongiu holte zum letzten Schlag aus und der Baumstumpf spaltete sich in zwei Teile. Ringsum auf dem Hof des Hauses lag alles voll mit Brennholz für den Kamin, das zum Trocknen ausgelegt war, und die abgerissenen Rindenstücke verbreiteten einen starken Duft. Er wischte sich mit dem Hemd, das er vor der Arbeit auf dem Zementwaschbecken abgelegt hatte, den Schweiß von der Stirn. Jetzt, wo er sich nicht mehr bewegte, fror er, obwohl es beinahe April war. Es war genau wie nach dem Sommer, wenn auch das milde Herbstwetter zu Ende geht und jemand voller Übertreibung behaupten könnte, das sei das Ende von allem.

Im Haus zog er sich an. Es war noch Zeit, das Holz schön ordentlich unter der Treppe zu stapeln.

»Was wollen Sie?«, brüllte die Frau. Sie saß in dem Sessel vor dem ausgeschalteten Fernseher. »Mein Mann ist außer Haus. Kommen Sie später wieder. Er ist morgen zurück!«

»Er ist morgen zurück«, wiederholte Raffaele im Stillen, als er an ihr vorbeiging, ohne auf sie zu hören. Ein Lächeln machte sich unerwartet auf seinem Gesicht breit. »Er ist morgen zurück«, wiederholte er noch einmal. »Morgen kommt er zurück!« Es bestand kein Grund zur Panik. Seit Zeiten schon nicht mehr. Auch das letzte Mal hatte es keine Panik gegeben. Als könnte man sich sogar an den Tod gewöhnen. Wenn er uns des Öfteren heimsucht. Wenn ihm unsere Gastfreundschaft gefällt. Der Platz. Das Haus mit Innenhof, im alten Stil.

Aus dem Schlafzimmer, das er mit dem Bruder geteilt hatte – der mit einem Haufen Flausen im Hirn vom Festland zurückgekehrt war –, ertönten die immer erregteren Schreie der Mutter.

»Palmira ist gleich bei Euch, seid still!«, brüllte Raffaele, während er nach einem sauberen Hemd suchte.

Palmira kam mit dem Eimer, voll bis oben hin mit Wäsche, die draußen zum Trocknen aufgehängt war. Sie sah mitgenommen aus, wie ein verknitterter Morgenrock, der zu oft gewaschen, zu oft ausgewrungen, zu oft geschrubbt worden war. Sie hatte geweint.

»Was ist passiert?«, fragte sie und stellte den Eimer auf den Tisch. »Was ist passiert?«, wiederholte sie, jetzt auf Sardisch zu der Frau hinuntergebeugt, und betonte jeden einzelnen Buchstaben, als spräche die Alte eine andere Sprache.

»Nichts ist passiert«, antwortete Raffaele, als er in die Küche kam. »Was soll schon passiert sein, sie hat angefangen zu schreien. Hat sie ihre Tablette genommen?«

Die Last ihrer vierzig Jahre schien Palmira daran zu hindern, sich umzudrehen. »Sie hat sie genommen«, erwiderte sie, ohne ihre Position zu verändern. »Aber das nützt nichts, das nützt schon lange nichts mehr.« Unterdes rückte sie das Kissen unter den Hüften der Frau zurecht.

»Ihr müsst Euch ruhig verhalten«, sagte sie zu ihr und hielt die Tränen zurück.

»Wer ist der junge Mann da?«, fragte die alte Frau mit überraschend ruhiger Stimme.

Palmira richtete sich auf, das Rückgrat mit beiden Händen abstützend, und drehte sich zu Raffaele um. Sie sah, dass er ruhig und sein Gesicht entspannt war. Fast hätte sie gesagt, er sei ein schöner Mann, würde sie ihn nicht schon von Geburt an kennen. »Erkennt Ihr ihn nicht? Das ist Euer Sohn!«, sagte sie, als würde die Frau eine Antwort erwarten.

Doch die Alte hatte den Kopf vornüberfallen lassen und war urplötzlich eingenickt. Sie schnarchte leise.

Auch Raffaele schloss die Lider. Dann ging er zum Tisch und setzte sich hin.

Palmira nahm rasch den Eimer vom Tisch. Schweigend setzte sie sich dem jungen Mann gegenüber und zwei dicke Tränen liefen ihr übers Gesicht. Sie legte die schneeweißen Hände, die nach Bleichmittel rochen, auf die Marmorplatte. So saßen sie einige Minuten da. Nur das Schnarchen der Frau, die in dem Sessel schlief, war zu hören.

»Was machen wir jetzt?«, fragte Palmira plötzlich.

Raffaele schüttelte den Kopf. Seine Hand suchte die ihre, sie war kalt und abgearbeitet. »Nichts machen wir … Wir lassen es einfach laufen«, sagte er. »Ich muss noch das ganze Holz versorgen«, und mit diesen Worten erhob er sich.

»Du hast dich doch gerade erst umgezogen«, sagte sie. »Ich mach das schon.«

Ärgerlich lehnte er das Angebot ab. »Ich bin mit dem Kopf einfach nicht bei der Sache«, beklagte er sich. »Lass sein, ich werde mich eben noch mal umziehen müssen, zum Teufel.«

Nach einer halben Stunde war der Hof picobello.

Als er wieder ins Haus trat, sah er Palmira, die den Esstisch zum Bügeln hergerichtet hatte. Sie hatte eine alte Militärdecke und ein Tuch auf die Marmorplatte gelegt und das alte elektrische Bügeleisen auf das Fleischbrett aus Holz gestellt.

»Ich habe dir noch ein Hemd gebügelt«, sagte sie unvermittelt zu ihm, ohne ihn anzusehen, als wäre es jetzt das Wichtigste, mit der heißen Bügeleisenspitze dem Wäschestück den letzten Schliff zu verleihen.

»Wie hast du dich entschieden, gehst du zur Beerdigung?«, fragte sie ihn, als er gerade mit dem noch warmen Hemd in den Händen in der Schlafzimmertür verschwand. Sie rechnete nicht mit einer Antwort.

8.
(in der Zwischenzeit)

»Wenn die Familien auf diese Weise kaputtgehen, wird es wesentlich schwieriger, sich ein Bild zu machen.«

Commissario Sanuti nickte voller Überzeugung. »Man muss sich auf alles gefasst machen«, sagte er. »Diese Geschichte scheint komplizierter zu sein, als es zunächst aussah …«

»Wie wollen Sie vorgehen?«, fragte Salvatore Corona und faltete die Hände, um mit den Fingerknöcheln zu knacken.

»Ich weiß noch nicht genau, ich denke, als Erstes sollten wir alles, und ich meine wirklich alles, überprüfen …«

»Zum Beispiel?«, wollte Staatsanwalt Corona wissen.

»Zum Beispiel eine Liste sämtlicher Bewegungen innerhalb und außerhalb der Familie zusammenstellen. Waren das auffällige Leute?«

»Nein, das kann man nicht sagen. Sie haben Grundstücke verkauft, die schon immer in ihrem Besitz waren, und zwar waren sie geschickt genug, das zum richtigen Zeitpunkt zu tun; viele Baugebiete hier in der Gegend sind für einen Appel und ein Ei weggegangen.«

»Ihrer Meinung nach ist des Rätsels Lösung im Verkauf der Grundstücke zu suchen?«

Salvatore Corona schüttelte den Kopf, als wolle er einen düsteren Gedanken vertreiben. »Nicht nur da«, sagte er schließlich, »aber es ist die wichtigste Spur, die wir haben ... Jedenfalls gibt es jede Menge Arbeit: Wir haben keine klaren Vorstellungen, nicht einmal was den Tathergang angeht.«

»Aus diesem Grund sind ja auch die Männer vom Erkennungsdienst und der Gerichtsarzt am Werk, wir müssen abwarten. In der Zwischenzeit ...« Sanuti hielt plötzlich inne und sein Blick verlor sich in der Leere.

»In der Zwischenzeit?«, wiederholte Salvatore Corona.

»In der Zwischenzeit wäre es vielleicht angebracht, darüber zu reden.«

»Darüber zu reden?« Der Staatsanwalt sah nun aus wie ein neugieriges Kind.

»Ja«, bekräftigte Sanuti. »Sagen wir mal so, es ist eine Frage der Methode: Ich muss einfach über die Dinge reden, viel reden, das Gehirn frei laufen lassen ...«

»Dann reden wir eben«, willigte Salvatore Corona ein und setzte sich auf die kleine Couch.

»Die Alte«, begann Sanuti.

»Was wollen Sie wissen?«

»Bei wem ist sie in Behandlung, worunter leidet sie genau ... Vertrauen Sie mir, ich kenne mich aus bei Müttern, manchmal sind die von Krankheiten befallen, die sich in keinem einzigen medizinischen Handbuch finden lassen.«

Salvatore Corona lachte aus vollem Hals. »Zugestanden«, meinte er. »Aber was nützt es uns, wenn wir herausfinden, dass sie eine eingebildete Kranke ist?«

»Wir müssen erste Anhaltspunkte finden.«

»Sie haben also viel Zeit zu verlieren.« Corona war mit einem Mal wieder ernst geworden. »Dieses Mal vertrauen Sie mir, ich kenne mich aus mit solchen Sachen: Familien hüten oft kleine Geheimnisse, die man besser nicht enthüllt. Und es kommt vor, dass die Leute das nicht ertragen können, was sie vor Augen haben, und sich dann Alternativlösungen einfallen lassen. Ich könnte Ihnen ein ganzes Heer von Ärzten präsentieren, die steif und fest behaupten, es gebe keine eingebildeten Kranken, alle Krankheiten seien echt, auch wenn sie vorgetäuscht erschienen …«

»Demnach bin ich krank«, stellte Sanuti fest und schob das Kinn nach oben.

Jetzt sah Salvatore Corona erneut den Jugendlichen in ihm, den er zuvor auf der Terrasse des Rohbaus flüchtig wahrgenommen hatte. »Auch ich. Ja und?«, warf er in herausforderndem Ton ein. »Wissen Sie, wie es bei uns so schön heißt?«

Der Commissario schüttelte den Kopf.

»Es heißt, wir machen es so wie der Hund von Fronteddu …«

»Der Hund von wem?«

»Der Hund von Fronteddu«, wiederholte der Staatsanwalt matt lächelnd …

9.

(der Hund von Fronteddu)

Es ist eine alte Geschichte, viel älter als ich. Das hier war früher ein Dorf. Da gab es einen gewissen Fronteddu, der einen Hund hatte, aber das versteht sich ja von selbst. Er war ein ganz gewöhnlicher Typ, weder reich noch arm … Vielleicht gab es ihn nicht einmal wirklich und jemand hat ihn erfunden, aber das würde auch nichts ändern … Wie auch immer, er hatte eine Familie und arbeitete als Gerber, heißt es. Er soll viele Kinder gehabt haben, neun oder zehn, um genau zu sein. Angeblich ist der Jüngste heute noch am Leben, beinahe hundert Jahre soll er auf dem Buckel haben, der Gute. Es könnte sich um diesen Fronteddu handeln, der in der Nähe des Busbahnhofs wohnt, zusammen mit der Tochter, die ledig geblieben ist … So heißt es jedenfalls.

Tatsache ist, dass sein Vater der Gerber, der Fronteddu aus dem Sprichwort, nicht in der Lage war, die Familie mit seiner Arbeit zu ernähren. So ging er zusammen mit seinem Hund auf die Jagd. Die einen sagen, es handelte sich um eine wertlose Promenadenmischung. Die anderen wiederum behaupten, es war ein Hund mit schönem weißem Fell, den ein Lederhändler, mit dem Fronteddu Geschäfte machte, als Welpe vom Festland mitgebracht hatte. Doch das ist nicht wichtig für die Geschichte. Wichtig ist nur, dass dieser Hund für ihn wie ein Sohn war. Und da er nicht einmal einen Namen hatte, nannte er ihn einfach nur mein Hund, nichts weiter. Die Leute verspotteten ihn deswegen auch. Sie behaupteten, wenn im Hause Fronteddu Schlachttag war, bekamen die Kinder die Innereien zu essen und der Hund das Filetstück. Und dann machten sie sich darüber lustig, indem sie sagten: *dieser Hund von Fronteddu.* Der Witz war, dass er, der Vater, ein größerer Hund war als das Tier.

Jedenfalls trifft eines schönen Tages ein Lederhändler aus Cagliari ein, um eine Großbestellung aufzugeben. So ein echter Hauptstädter mit eigenem Sekretär. Man kommt überein, sich in einem Lokal auf dem Corso zu treffen, um über das Geschäft zu reden. Fronteddu zieht die Hemdbrust für den Festtag und den einzig passablen Anzug an, den er besitzt, die Hosen sind eigens zum Anlass gereinigt worden. Als er fertig ist zum Ausgehen, schwänzelt der Hund um ihn herum, sogar er erkennt seinen Padrone kaum noch, so sehr hat er sich in Schale geworfen. Fronteddu sieht das Tier an und erklärt ihm, dass er es dieses Mal nicht mitnehmen könne; er müsse auf den Corso gehen, um mit einem Signore aus der Hauptstadt Geschäfte zu machen. Der Hund sieht ihn mit seinen Augen, rund und glänzend wie zwei Glasmurmeln, an und scheint zu begreifen. Er setzt sich hin, als warte er ab. Fronteddu tut zwei Schritte über den Hof des Hauses hinaus und hört, dass sein Hund ihm folgt. Noch mal alles von vorne: Er geht zurück, spricht mit dem Hund, erklärt ihm genau, worum es sich handelt, der Hund setzt sich wieder in die Mitte des Hofs und dieses Mal lässt er sich auf allen vieren nieder. Fronteddu macht sich auf den Weg. Das Gleiche wie zuvor: Der Hund folgt ihm. Die Sache sieht übel aus, Fronteddu stellt sich vor seinen Hund und droht, ihn an die Kette zu legen. Er schreit so laut, dass seine Frau aus dem Haus kommt. Bist du nicht mehr ganz dicht, keift sie ihn an, dass du mit einem Hundevieh diskutierst. Bind ihn an und geh, das Geld können wir gut gebrauchen. Fronteddu wirft seiner Frau einen finsteren Blick zu, dann schaut er auf den Hund. Ausgerechnet du willst mich als Idioten hinstellen, sagt er zu ihm, ich habe dich noch nie im Leben festgebunden und werde es auch dieses Mal nicht tun. Wenn ich zu dir sage, sitz still, dann sitzt du still und rührst dich nicht, hast du verstanden? Der Hund ist völlig eingeschüchtert und bedeckt sich die Schnauze mit den Vorderpfoten. Die Frau sieht Fronteddu missmutig an und Fronteddu sieht seine Frau an, als wollte er sagen: Du wirst schon sehen, dieses Mal gehorcht er. Und tatsächlich gehorcht der Hund. Reglos wie eine Statue bleibt er mit dem Kopf zwischen den Pfoten mitten im Hof sitzen.

Stunden vergehen und der Hund rührt sich nicht. Fronteddu ist noch immer nicht zurück. Es dämmert. Fronteddus Frau bringt die Kleinen zu Bett und schickt die zwei Größeren aus dem Haus, nach dem Vater suchen. Es war ja klar, denkt sie, der hat ein Gläschen zu viel gehoben und lungert jetzt irgendwo herum. Der Hund rührt sich immer noch nicht, den ganzen Tag über hat er weder gefressen noch getrunken. Die Buben suchen überall nach dem Vater, aber ohne Erfolg. Jemand zeigt auf einen Herrn, der sich auf der Treppe der Piazza San Giovanni mit einer eleganten Dame mit Hut unterhält. Man sagt ihnen, dass das der Sekretär des Herrn aus der Gegend von Cagliari sei, der gerade mit dieser Schlampe von

Lina Tinnuri plaudert. Die Kinder würden ihn gern nach dem Verbleib ihres Vaters fragen, doch sie schämen sich, in der Nähe dieser verschrienen Frau gesehen zu werden … auch wenn sie in ihren Einschlafphantasien mehr als einmal mit geöffneten Schenkeln unter ihnen gelegen hat. Noch ein Zögern, dann macht sich der ältere der beiden beim Sekretär bemerkbar. Der kommt zu ihnen und lässt die Frau ein paar Schritte entfernt warten. Sie reden miteinander. Der Sekretär sagt, dass ihre Zusammenkunft noch vor zwei Uhr zu Ende war, über alles sei man sich einig gewesen: über die Lieferung, die Zeiten und auch eine ansehnliche Summe sei bereits angezahlt worden.

Die Jungen gehen nach Hause und berichten der Mutter. Sie geht in den Hof, stellt sich vor den Hund und befiehlt ihm: Geh und such deinen *padrone*, diese Bestie, bevor er in der Spelunke noch das letzte Geld versäuft. Der Hund rührt sich nicht. Die Nacht vergeht und von Fronteddu keine Spur. Der Hund verharrt wie eine Eissäule genau an der Stelle, an der sein Herr ihn zurückgelassen hat. Die Carabinieri werden gerufen. Der Maresciallo trifft ein, ein korpulenter Mann, der bei jedem zweiten Schritt keucht, als wäre es glühend heiß, dabei ist erst Mai. Eine Ermittlung wird eingeleitet, aber ohne Ergebnisse. Es vergehen zwei Tage und der Maresciallo kommt erneut, um ihnen zu sagen, dass es sinnlos sei, noch weiter nach Fronteddu zu suchen. Entweder hat man ihn um die Ecke gebracht, um ihm das Geld zu stehlen, oder er ist mit der Summe durchgebrannt. Jedenfalls kommt er nicht mehr zurück.

Die Frau von Fronteddu steht vor dem Maresciallo und kämpft mit den Tränen. Mit verzerrtem Gesicht wiederholt sie immer wieder: Nein, nein. Aber im Innersten weiß sie, dass der Carabiniere Recht hat. Die Nachbarinnen eilen herbei, ihre Kinder eilen herbei. Hie und da hört man ein Jammern. Der Maresciallo findet, es ist an der Zeit, sich zu verabschieden. Er will den Hund streicheln, der kaum mehr atmet und sich seit drei Tagen keinen Millimeter bewegt hat. Daraufhin heißt die Frau von Fronteddu alle schweigen, geht zu dem Tier und streichelt ihm über den Rücken. Der Hund hält still. Er sieht sie mit einer kaum merklichen Bewegung der dunklen Pupillen an. Das Gesicht der Frau entspannt sich, nur mühsam erhebt sie sich, ruft ihre Kinder zu sich und bittet die Nachbarn, nach Hause zu gehen: Mein Mann ist nicht tot, sagt sie, er wird zurückkommen …

10.
(Gleichnisse auseinander pflücken)

»Ja und?« Commissario Sanutis Augenbrauen machten einen Satz nach oben.

Staatsanwalt Corona rutschte auf der kleinen Sitzcouch hin und her, um eine bequemere Haltung zu finden. »Und was?«, fragte er dann.

»Ist das alles?«

Corona versuchte seine Bestürzung hinter einem etwas dümmlichen Lächeln zu verbergen.

»Die Geschichte vom Hund von …«

»Fronteddu …«, ergänzte Corona mit Nachdruck.

»Genau von dem …«

»Sagen Sie bloß, Sie haben die Metapher oder, wenn es Ihnen lieber ist, das Gleichnis nicht verstanden? Hier bei uns kriegt man schon zum Frühstück Gleichnisse aufgetischt. Sie brauchen nur ein Wort zu sagen und schon haben wir ein Gleichnis, oder noch einfacher, einen passenden Reim parat …«

Sanuti hatte das eindeutige Gefühl, dass der Staatsanwalt ihn gerade verschaukelte. »Lassen Sie es mich begreifen.« Der Ton seiner Stimme war schroffer geworden. »Diese Geschichte mit dem Hund soll ein Gleichnis sein? Wofür denn bitte, wenn Sie gestatten, wissen Sie, ich bin nicht von hier ...«

»Bitte, bitte regen Sie sich nicht auf, sehen Sie, wenn der Hund so lange wartete, bis sein Padrone zurückkommt, dann bedeutet das, dass er auch tatsächlich zurückkommen wird. Das meint das Gleichnis.« Der Staatsanwalt wartete vergeblich, dass ein Blitz der Erkenntnis über das Gesicht des Commissarios zuckte.

»Lassen Sie es mich begreifen: Also ...«, begann Sanuti und atmete tief durch, um Kraft zu schöpfen, »ich versuche Ihnen zu erklären, was ich verstanden habe: Sie erzählen einfach so Geschichten in der Gegend herum, Geschichten wie zum Beispiel die vom Hund von ...«

»Fronteddu.«

»Genau. Und untereinander verstehen Sie sich im Nu? Ich will sagen, Sie erwähnen den Hund von diesem Typ und Ihr Gegenüber weiß auf Anhieb, was Sie meinen?«

»Diejenigen, die die Geschichte kennen, ja. Doch in dieser Gegend kennen sie alle.«

»Das heißt also, wenn einer die sprachlichen Schwierigkeiten des Dialekts überwindet, stößt er auf einen Bestand an Geschichten dieser Art? Bringt man Ihnen die in der Schule bei?«

»Sie machen wohl Witze. Die Schule hat damit nichts zu tun, das sind hiesige Dinge ... Auch in Ihrer Gegend wird es Geschichten geben, die Ihnen helfen, die Dinge ... die Welt zu erklären.«

»Na ja, es ist nur so, einer stellt tausend Überlegungen an und sagt sich, nun gut, ich bringe ein paar Jährchen Sardinien hinter mich, ich werde zwar ein Problem mit der Sprache haben, aber was soll's ...«

»In Wirklichkeit misst man der Sprache viel zu viel Bedeutung bei … Verstehen Sie mich nicht falsch, ich behaupte nicht, dass die Sprache unwichtig ist, aber sie ist nicht das Einzige. Ein Sarde ist und bleibt ein Sarde, auch wenn er Italienisch spricht, aber er ist noch mehr Sarde, wenn er auch seine eigene Sprache spricht … Sehen Sie, für mich ist das eine Frage der Kommunikationsmittel: Wenn einer nur ein Radio hat, ist er nicht aus der Welt, aber hat er obendrein einen Fernseher, ist er einfach besser dran …«

»Das habe ich verstanden«, sagte Sanuti aufatmend. »Aber seien Sie mir nicht böse, wenn ich darauf beharre: Sie reden mit irgendwelchen Leuten übers Wetter und irgendwann kommt die Rede auf den Hund von jenem Typ. Alle verstehen, dass Sie diese Geschichte, ob nun Metapher oder Gleichnis, meinen, also die Geschichte von einem armen Tier, das glaubte, sein Herrchen sei noch am Leben … Oder irre ich mich?«

»Sie irren sich … Das Tier *wusste*, dass sein Herrchen noch lebte …«

»Und hatte es Recht?«

»Ich habe nicht die leiseste Ahnung, die Geschichte verrät nichts weiter darüber … Doch das ist ohne Bedeutung. Was zählt, ist diese Art von Gewissheit, die viel Kummer erspart hat.«

»Ist gut, ist gut. Die Geschichte ist erbaulich und äußerst lehrreich, aber was hat sie mit der Sache zu tun, über die wir gerade sprachen?«

»Mit welcher Sache?«

»Mit der alten Marongiu und den eingebildeten oder echten Krankheiten?«

»Ach die …«, erwiderte der Staatsanwalt. »Aber natürlich! Wie dumm von mir … Nun, es ist, als würde man sagen, manchmal sind die Krankheiten wie der Hund von Fronteddu, sie sind dazu da, uns vor Schlimmerem zu warnen.«

»Vor Schlimmerem …« Sanuti war ehrlich erschöpft.

»Vor dem Tod beispielsweise …« Salvatore Corona sprach diese Worte mit großer Feierlichkeit.

»Dem Tod.«

»Ja, dem Tod des Lieblingssohns. Ettore Marongiu bringt sich um und die Alte erkrankt. Ein alter treuer Hund nistet sich in ihrem Inneren ein, sie beobachtet ihn, wie er friedlich dasitzt, Tag um Tag, und sagt sich: Der Hund winselt nicht, er heult nicht bei Vollmond, er sitzt einfach da und wartet voller Zuversicht. Also muss Ettore heimkehren, und wenn er heimkehren muss, kann er nicht tot sein … Ich trällere in solchen Fällen immer eine Melodie von Vivaldi.«

»Vivaldi …«

»Das ist meine Art von Hund … Vivaldi … mögen Sie ihn?«

»Um ehrlich zu sein, ich kenne mich mit klassischer Musik nicht so …« Angelo Sanuti fummelte nervös an seiner Haarsträhne herum. »Sie verzeihen meine Hartnäckigkeit, aber wie steht es mit dem Wahrheitsgehalt dieser Geschichte?«, bohrte er weiter.

Salvatore Corona brach in Gelächter aus. »Mein guter Commissario, es gibt noch eine andere wichtige Sache, die Sie wissen müssen, wenn Sie in dieser Gegend in Frieden leben wollen: Gleichnisse sollte man nicht auseinander pflücken, besonders nicht solche über Hunde …«

11.
(Costantino)

Er fuhr durch die Wildnis, auf seinem zwanzig Jahre alten Mofa. Drei Jahre älter als er. Er machte sich gerade an die halb asphaltierte Steigung, die aus der Talsenke hinausführte. Wie die Strecke Paris–Dakar. Mit einer Enduro. Und er fuhr mit zusammengekniffenen Lidern gerade so konzentriert, dass er nicht völlig blind umherirrte. Den brüllenden Motor hörte er nicht einmal.

Linker Hand wuchsen alte Eichen an Mäuerchen gelehnt, die kleine Gärten schwarz gebauter Häuser umschlossen. Rechter Hand fiel der Hang steil wie der Hals eines Trichters talwärts, dicht bestanden mit Häusern, deren Eingang im zweiten Stock, also zur Straße hin, lag und die von dort aus winzig aussahen. In Wirklichkeit aber waren sie nach unten hin, den Abhang entlang, sehr geräumig. Mit einer Bewegung des Handgelenks beschleunigte er das Mofa und das Röhren verwandelte sich in tierische Klagelaute, wie von einem abgestochenen Schwein oder einem gehetzten Rind, oder wie die Schmerzenslaute einer Gebärenden. Je nach Tag, je nach Gedanken.

Er fuhr durch die Wildnis und musste sich ducken, um den

niedrig wachsenden Zweigen auszuweichen und auf dem rutschigen, mit faulendem Laub bedeckten Humus nicht die Kontrolle über das Fahrzeug zu verlieren. In der kritischen Phase des Aufstiegs spielte das Lenkrad verrückt und das Jammern des Motors wurde zu einem immer verzweifelteren Aufschrei, wie dem eines Pavians, der von einem Panther verfolgt wird. Oder der einer Gazelle, der ein Löwe auf den Fersen ist. Wenn er es recht bedachte, fuhr er durch die Savanne. Und sein Weg war nicht von Backsteinhaufen, sondern von dickbäuchigen, voll gefressenen Nilpferden, die den Wasserlauf lenkten, gesäumt. All diese erträumten Vegetationen waren eine gewaltsame Verdrehung der Tatsachen.

Jetzt war alles klar: Das Dorf am Fuß des Abhangs war ins Sonnenlicht getaucht und die Dächer kochten vor Hitze. Die Alten flehten um Regen, beteten ihn mit liebevollen Worten herbei. Baten, er möge in der richtigen Stärke fallen, ohne die Keime zu zerstören. Mit der erforderlichen Behutsamkeit, damit der Erdboden ihn aufsaugen könnte. »Komm und verweile«, sagten sie. »Verweile ruhig lang, nimm dir Zeit, ohne Eile«, sagten sie. Und die Frauen schauten in die Rachen der Backöfen wie in Höllenschlunde, schwitzten und hörten einander zu, wenn sie Geschichten wie aus feinstem Blätterteig spannen.

Dann hatte einer beschlossen, das Schicksal des Dorfs ganz in seine Hand zu nehmen.

Und er wollte ein Mann werden, Mann und Krieger. In Gestalt einer Gazelle wäre er dem Löwen entflohen, der mit den Pranken nach seinem Schweif schlug.

Er begann zickzack zu fahren und spürte, dass seine Brust

bald zerspringen würde, das Klagen eines zu Tode erschreckten Tieres rumorte darin …

Da hupte jemand hinter ihm, er schreckte hoch. Der Fahrer des Wagens hatte heftig auf die Hupe gedrückt, denn er hatte scharf bremsen müssen, um ihn nicht über den Haufen zu fahren.

»Schau gefälligst, wo du hinfährst, du Obertrottel?!«

Mit einem Schlag hatten das Hupen und das Geschimpfe ihn aus seinen Phantasien gerissen und er fuhr wieder auf der geraden Linie. Er streckte den Arm aus und winkte den Autofahrer vorbei.

Der Wagen fuhr im ersten Gang auf seiner Höhe, der Motor kreischte und war genauso aufgebracht wie der Fahrer.

»Costanti, schmeiß das Mofa auf den Müll!«

Er sah, wie das Auto weiterfuhr, bis er nur noch die Rückseite erkennen konnte, die tief lag wegen des niedrigen Gangs. Auch so jaulte der Motor auf der langsamen Fahrt den Berg hinauf, direkt auf die Via Cedrino zu.

»Verpiss dich, du Arsch.«

Das hatte er nicht etwa geschrien, nur gedacht. *Verzieh dich wie Rauch*, wie man auf Sardisch sagt.

Den Hintern auf den Sattel gepresst, hätte er gut ein Reiter sein können, der auf dem nackten Pferderücken saß und die Lunge seines galoppierenden Hengstes zwischen den Schenkeln presste. Ein blutrünstiger Barbar mit rotem Haarschopf. Seine Finger krallten sich in der Mähne des Tieres fest, seine Fußknöchel, die von Schweißschaum verdreckt waren, trieben es zu immer schnellerem Galopp an. Er neigte sich leicht nach vorn, um die letzte Kurve bergan zu nehmen. Sein Rückgrat und Gesäß waren all die Vibrationen leid und seine Fingerknöchel, die die Lenkstange umklammerten, waren ganz gelb. Er überquerte die ebene Kreuzung und stürzte sich dann mit Karacho bergabwärts, überließ die Räder beinahe sich selbst, und die kreisten immer schneller fast widerstandslos gegen die Schwerkraft.

Er konnte auch ein Torpedomann aus hellem Nickel sein, der am Steuer eines seltsamen Gefährts saß – weder Auto noch Motorrad oder Raumschiff, sondern all dies zusammen – und auf eine unmögliche Mission zuraste. Sein Finger zuckte wenige Millimeter vom Knopf für die Hypergeschwindigkeit. Bereit zum Abflug in den Hyperspace. Durch die Sichtblende des Schutzhelms nahm er eine virtuelle Realität wahr, wo die Stadt nichts weiter als eine Anhäufung von Leuchtdioden, ein wahnsinniges Knäuel elektronischer Venen und Arterien in kochendem Rot und Blau war.

Eine Sekunde bevor das Orange einer Ampel außer Betrieb zu blinken begann, riss er die Augen auf.

Er überquerte die Hochebene und seine Sinneswahrnehmung war vom Brummen der Motoren betäubt, wie trunken vom Untergrundgeräusch.

Die Luft war mit einem dichten Himmelsgrau gesprenkelt und duftete nach trockenem, frisch geröstetem Brot. Der laue Wind presste einen salzigen Geruch in die Nasenlöcher, als wäre das Meer gleich dort hinterm Hügel, zwei Schritt entfernt, und umspülte die letzten Häuser. Es war eine Atmosphäre wie im Pinienhain, wo die Luft voll in die Poren dringt und den herben Geruch des fauligen Sands und den süßlichen der Wacholderbüsche mit sich trägt.

Costantino fädelte sich jetzt in den Verkehr ein, fühlte sich wie ein *vaquero* zwischen den glatten Rücken einer Herde vielfarbiger Blechkühe. Vielleicht waren es auch die zum Gebet vornübergeneigten Gläubigen vor einer Moschee aus roten und grauen Steinen auf einem mit Rundbögen eingefassten Platz.

Das Amtsgebäude – Schloss-Moschee-Festung – war das Ziel seiner Fahrt. Ein Kolonialbau, den der Zufall ins Herz der Barbagia verpflanzt hatte anstatt nach Asmara oder Tripolis. Es war italienisch und zugleich exotisch, gemacht für Sonne und Palmen, für die sengenden Hochebenen. Ein wenig mittelalterlich, ein wenig maurisch. Das Schicksal aber hatte es den Peitschenschlägen des Mistrals und den Stahlhieben des Gebirgshimmels ausgesetzt. Mächtige Regenfälle und Windstöße hatten die Spuren der Verschandelung durch die faschistische Gewaltherrschaft auf der Fassade ausgelöscht und das Grinsen des afrikanischen Löwen verwischt, der auf das Türmchen mit der Uhr gemalt war.

Als er vom Mofa stieg, spürte er noch immer ein leichtes Vibrieren. Als hätte die Fahrt seine Beine geschwächt. Auf der Treppe zum Postamt hinauf fühlte er sich noch immer unsicher.

Der Beamte sah ihn mit einer Mischung aus Argwohn und Langeweile an. Wortlos sah er zu, wie Costantino ein gefüttertes Kuvert aus der Jackentasche zog.

»Das muss schnell gehen. So schnell wie möglich!«, sagte der junge Mann und schob das Kuvert durch die Ritze des Schalterfensters, das ihn vom Postbeamten trennte.

»Einschreibebrief mit versichertem Inhalt?«, fragte dieser und kontrollierte, ob die Adresse deutlich geschrieben war. »Ist etwas Zerbrechliches drin?«, fragte er weiter, da der junge Mann ihm die Antwort schuldig blieb.

»Es ist eine Diskette«, sagte Costantino schließlich. »Ja, die muss man vorsichtig behandeln.«

»Eben: Einschreiben mit versichertem Inhalt«, bekräftigte der Beamte. »Das kostet zwar mehr, kommt aber auch früher an.«

12.
(was wir schon immer wissen)

Orte haben eine Seele. Wir wissen das seit Zeiten, seit sehr langer Zeit … Schon immer.

Wir wissen, dass inmitten des pulsierenden Herzens eines Orts die Stimme des Wassers und das Murmeln der Winde erklingt.

Wir wissen, dass der Atem der Erde Nachrichten und Klagen und Vorwürfe hervorbringt.

Orte sind wie gedeckte Speisetafeln, Tafeln ohne Gastgeber, wo die Hungrigen Nahrung finden: Man muss sich nur hinabbeugen und sie aufsammeln, sich hinabbeugen und sie aussäen …

Wir wissen, dass diese Welt nicht die ist, die wir wollten, sondern die wir haben.

Und das macht den Unterschied aus, und ob! Denn irgendwo ist etwas kaputtgegangen: An diesen Tafeln essen nur wenige.

Und der Atem dieses Orts geht schwer. Und seine Seele ist ein gesprungener Kristall.

Das wissen wir …

13.
(Nachrichten)

»Ich muss mit Doktor Corona sprechen!« Danila Comastris Stimme schien von der anderen Seite der Erdkugel zu kommen.

Die Angestellte in der Staatsanwaltschaft lächelte verschmitzt.

»Er ist im Moment nicht in seinem Zimmer«, erklärte sie, die Konsonanten scharf betonend.

»Ich bin Danila Comastri!«, beharrte die zweite Staatsanwältin. »Ich muss ihn dringend sprechen.«

»Es tut mir Leid, Frau Doktor, aber der Staatsanwalt hat nicht hinterlassen, wo er zu erreichen ist.«

»Hören Sie, richten Sie ihm aus, er soll mich sofort bei seiner Rückkehr in Bologna anrufen ...«

»Ist gut, ich notiere es, seien Sie unbesorgt ...«

»Es ist eine äußerst dringliche Angelegenheit!«, und damit knallte Danila Comastri enttäuscht den Hörer auf.

Die milchige Luft beschlug die Fenster ihres Büros und tauchte die Piazza dei Tribunali in ein Magma blasser Farben.

»Den Doktor Corona, bitte.« Osvaldo Pintus versuchte, seinen Mund nah an das winzige Mikrofon seines Handys zu bringen. Wegen des Verkehrslärms musste er die Augen leicht schließen, um sich besser auf die Antwort der Angestellten in der Staatsanwaltschaft konzentrieren zu können.

»Er ist im Moment nicht im Amt, er hat nicht gesagt …«

»Ich muss mich unbedingt mit ihm in Verbindung setzen, bist du Mirella?«, insistierte Osvaldo Pintus.

»Nein, Herr Doktor, Mirella ist in Mutterschaftsurlaub. Ich bin Carmen. Ich habe Sie wiedererkannt.«

»Ach, Carmen, geht alles gut mit dem Kleinen?«

»Ja, danke, Herr Doktor, er hat sich wieder erholt … Der Staatsanwalt ist nicht aus der Mittagspause zurückgekommen … Ich kann Ihnen nichts sagen, tut mir wirklich Leid … Ja, gewöhnlich ist er um diese Zeit im Büro … Keine Sorge, ich werde es ihm sofort ausrichten …«

Osvaldo Pintus klappte das Handy zusammen und schob es in die Innentasche seines Jacketts. »Wo zum Teufel steckst du, Salvatore«, sagte er leise und fluchte zwischen den Zähnen.

Der Oberstaatsanwalt hatte ein sehr gepflegtes Äußeres. Er hinterließ eine Duftfahne teuren Kölnischwassers, als er in das Büro des Staatsanwalts Corona trat. Carmen, die Angestellte, schnellte von ihrem Stuhl auf, kaum sah sie ihn.

»Ist Corona drinnen?«, fragte er und ging direkt auf das Amtszimmer des Staatsanwalts zu.

»Er ist nicht im Büro«, beeilte sich die Angestellte zu sagen, als wollte sie ihm die Mühe ersparen, nach der Türklinke zu greifen.

Der Arm von Graziano Pierallis, Oberstaatsanwalt beim Landgericht in Nuoro, blieb in der Luft stehen.

»Er ist nicht im Büro?«, fragte er, als müsste er es ein zweites Mal hören.

Die Angestellte wiederholte es in der Tat leicht verschämt, als hinge es von ihr ab, den Doktor Pierallis nicht zu verstimmen.

»Hat er keine Nachricht hinterlassen ...?«, fragte er, ohne sich umzuwenden.

»Er hat keine Nachricht hinterlassen«, wiederholte die Frau und schüttelte den Kopf. Eine gewisse Besorgtheit hatte ihrer Stimme einen ängstlichen Ton verliehen. Und so hatte sie brüsk dem Oberstaatsanwalt die Frage aus dem Mund genommen, die er ihr gerade stellen wollte. Vielleicht war es auch, weil sie sich in Gegenwart dieses Mannes mittleren Alters – wie alt war Pierallis eigentlich? – mit seinem Anzug aus braumer Grisaille und der ihn umgebenden Parfumwolke unbehaglich fühlte.

»Ich brauche ihn. Er soll in mein Büro kommen. Sobald er zurück ist«, sagte er unvermittelt und schickte sich an, das Büro wieder zu verlassen.

»Ist gut, ich notiere es ...«, versicherte die Angestellte um einen sachlichen Ton bemüht, während sie in die Giftwolke aus Kölnischwasser eingehüllt wurde, die der Oberstaatsanwalt zurückließ.

»Versuchen Sie ihn zu Hause zu erreichen und sagen Sie mir Bescheid!«, rief Doktor Pierallis sich umwendend, bevor er im Korridor verschwand.

Carmen griff nach dem Hörer, aber sie wählte nicht. Der Geruch des Parfums verteilte sich im Zimmer und war jetzt sogar angenehm. Sie senkte die Augenlider ein wenig und legte wieder auf. Dann schrieb sie mit rotem Filzstift: *Doktor Pierallis – dringend!!!* und: *Frau Doktor Comastri aus Bologna – sofort zurückrufen!* und: *Doktor Pintus – auf dem Handy zurückrufen!!!*

14.
(hören wir also diese Geschichte)

Der Raum lag in einem Dämmerzustand und erinnerte an ein Altersheim, eines von der gehobeneren Sorte. Der Maresciallo Pili wartete im Stehen, dass das Wasser der Kaffeemaschine zum Kochen kam. Die Pensionierung hatte ihm gut getan. Er hatte sogar Gewicht verloren.

»Dieser Sanuti scheint ein guter Mensch zu sein …«, meinte Salvatore Corona im ältesten und bequemsten Sessel der Welt versunken. »Aber wir haben unsere Mühe mit ihm. Guten Willen zeigt er ja, da kann man nichts sagen. Doch er ist einfach zu jung und an ein anderes Umfeld gewöhnt, verstehen Sie, was ich meine, Maresciallo?« Maresciallo Pili lachte kurz auf. Schweigend wartete er ab, bis der Kaffee hochkam. Es klang komisch in seinen Ohren, auf diese Weise angesprochen zu werden … »Wenn Sie die Verhörprotokolle sehen würden, das ist filmreif. Also wenn wir kein Tempo zulegen, werden wir nie Herr der Sache werden! Deshalb habe ich beschlossen, Ihnen einen Besuch abzustatten.«

»Hören wir also ›diese Geschichte‹«, forderte Nicola Pili den Staatsanwalt schließlich auf und reichte ihm einen dampfenden Espresso.

»Ein gewisser Marongiu Michele wird tot auf einem ehemaligen Familienbesitz aufgefunden: Jetzt werden dort mehrstöckige Wohnbauten hochgezogen. Ein Stück außerhalb von Badu 'e Carros …«

»Ich weiß, wo das ist, die Zeitungen lese ich noch immer«, warf der Maresciallo ein und ließ Salvatore Corona die Gelegenheit, einen Schluck aus seiner Tasse zu nehmen.

»Wie es aussieht, handelt es sich um eine Kugelladung in den Rücken. Das war ein Blutmeer. So was ist mir noch nie untergekommen. Wahrscheinlich kannte er seinen oder seine Mörder, aber vor allem hatte er ihre Absichten erkannt: Er hat versucht, ihnen zu entkommen und an einer Felsenwand hochzuklettern … Bis hierher alles klar … Wenn es nicht …« Der Staatsanwalt Corona ließ sich etwas Zeit zum Überlegen.

»Wenn es nicht was?«, drängte Nicola Pili, der bis jetzt noch keinerlei Interesse gezeigt hatte.

»Wenn es nicht so wäre, dass es auf dem Grundstück nicht die winzigste Spur gibt. Dieser Geistermörder muss zehn Zentimeter über dem Erdboden geschwebt haben …«

»Der Wind«, unterbrach der Maresciallo ihn. »Der Wind hat heute Nacht alles blank gefegt.«

»Das mag sein«, gestand der Staatsanwalt ihm zu. »Seltsam aber ist, dass auch an der Felswand nicht die geringsten Spuren zu entdecken sind.«

»Was soll das heißen?«, fragte der Maresciallo und stellte seine leere Tasse auf dem kleinen Tisch ab, der über und über mit Nippes bedeckt war.

»Der Stoff seiner Jacke ist von Kugeln zerfetzt, aber wir haben kein einziges Geschoss gefunden: weder unter der Leiche noch in der unmittelbaren Umgebung. Und nicht das geringste Anzeichen auf der Felswand, was weiß ich, ein abgebröckeltes Felsstück, ein Kratzer. Nichts, rein gar nichts ...« Salvatore Corona leerte seinen Kaffee, der jetzt nicht mehr besonders schmeckte, und erwartete einen Kommentar des Maresciallo. »Also, was?«, fragte er dann, als der Kommentar auf sich warten ließ.

Der Maresciallo Pili nahm ihm die Tasse aus der Hand und stellte sie auf dem Tischchen neben der seinen ab. »Also ...«, sagte er nach einer halben Ewigkeit, »wurde er nicht da erschossen, wo man ihn gefunden hat.«

»Ja, daran habe ich gleich gedacht«, sagte der Staatsanwalt hastig. »Doch das erklärt nicht das Fehlen von Spuren und das viele Blut. Das erklärt noch nicht einmal, wieso die Leiche in dieser Position lag. Als hätte man sie umgedreht. Also, dem Tathergang zufolge hätten wir ihn doch mit dem Gesicht nach unten finden müssen ... oder nicht?«

»Dem *augenscheinlichen* Tathergang des Mords zufolge«, verbesserte Nicola Pili seine Worte und presste die Unterlippe mit Daumen und Zeigefinger zusammen. »Überlegen wir mal in Ruhe, Herr Staatsanwalt: Soweit man sehen kann, haben wir es mit einem Opfer zu tun, das durch Gewehrsalven niedergestreckt wurde, sagen wir mal, von einer einzelnen Person. Und die hat keine Spuren hinterlassen. Nehmen wir an, dass der Sturm heute Nacht den Erdboden blank gefegt und die Spuren verwischt hat. Lassen wir auch gelten, dass unser Mann darum bemüht war, seine Spuren auszulöschen, als er sich dem Leichnam näherte, um ihn umzudrehen. Nur so viel konnte dort geschehen, wo der Leichnam gefunden wurde. Nichts weiter. Die Einschüsse im Gestein lassen sich nicht beseitigen ... Der Mann wurde an einer anderen Stelle ermordet«, wiederholte der Maresciallo erneut.

»Es tut mir gut, mit Ihnen zu reden, Maresciallo«, sagte der Staatsanwalt voller Dankbarkeit.

»Maresciallo im Ruhestand«, stellte Nicola Pili klar.

»Das sind Nebensächlichkeiten, was mich angeht.«

»Das sollten sie aber nicht sein. Offiziell sind Sie gar nicht befugt, mit mir über laufende Ermittlungen zu reden. Vergessen Sie bitte nicht, ich bin jetzt ganz gewöhnlicher Bürger.«

»Ich wusste nicht, an wen ich mich sonst hätte wenden können in dieser verzwickten Angelegenheit.«

»Was wissen wir über den Toten?«

»Bislang ganz wenig: Wir warten auf den Befund aus der Gerichtsmedizin. Ich habe eine Durchsuchung seiner Wohnung angeordnet, aber ich bezweifle, dass wir etwas von Interesse dort finden werden …«

»Ich meine, was wissen wir über ihn, als er noch lebte …«

Corona deutete ein Lächeln an: »Ach, als er noch lebte …«, sagte er zu sich selbst, aber hörbar.

15.
(das Leben der anderen)

Manchmal weinte sie still vor sich hin, zwischen einer Erledigung und der anderen. Manchmal hatte sie das Gefühl, als würde sie es nicht schaffen.

Dann ertönte aus dem Schlafzimmer die Stimme der Alten: »Palmira!«, und sie eilte zu ihr.

Am Ton dieser Stimme konnte sie schon viel erkennen, sie hatte gelernt, anhand dieser Stimme die Zukunft vorherzusagen. Heiterer Tag: reine und etwas scharfe Stimme; turbulenter Tag: belegte Stimme, zusammengeklebte Lippen, geschwollene Zunge; normaler Tag: verhaltene Stimme, kaum ein Säuseln, kaum ein Maunzen, kaum ein Hauch. Dann gab es noch die schwarzen Tage: ein kehliges Gebrüll wie ein Hilfeschrei, wie der Klagelaut eines Kaninchens, das abgeschlachtet werden soll …

Um vier Uhr in der Früh, bestenfalls um halb fünf war Palmira bereits auf den Beinen. Die Nacht gefiel ihr nicht, es kam ihr vor, als würde sie ihr etwas vorenthalten. Vielleicht hing das damit zusammen, dass sie nicht träumte. Sie hatte von Leuten gelesen, die träumten, sie begriff, dass das ein Fluch sein konnte, doch zugleich auch eine Möglichkeit, dem Leben einen Sinn zu verleihen.

Wenn die Dunkelheit hereinbrach und sie die Alte versorgt, das Haus kontrolliert, das Ohr an Raffaeles Zimmertür gepresst hatte, zog sie sich allein mit ihrem Liebesroman zurück …

Gegen halb fünf Uhr in der Früh, wenn ringsum alles noch im Dunkeln lag, schlug sie die Augen auf und dann begann das Elend: Die Gedanken fingen an, sie zu erdrücken. Schlimme, ganz schlimme Gedanken waren das … Dinge, die an der Haut haften blieben, auf den Brustkorb drückten und den Hals zuschnürten.

Hätte sie genug Mut gehabt, hätte sie sterben wollen. Was hatte sie auf der Welt überhaupt verloren? Wie sehr sie sich auch anstrengte, konnte sie sich keine Person vorstellen, die unnützer war als sie selbst.

»Alle machen sich davon, nur ich bleibe da«, dachte sie. »Ich bleibe da«, wiederholte sie laut … »Um was zu tun?« – »Nimm mich doch!«, schrie sie mit geschlossenen Lippen und schon berührten ihre nackten Füße den kalten Fußboden. »Nimm mich doch!« Sie klappte die Lider in der trägen Dämmerung auf und ihr Körper richtete sich mit einer Energie auf, die vielleicht das Letzte noch wirklich Lebendige an ihr war.

Sobald sie auf den Beinen war, musste sie sich etwas einfallen lassen, um die Zeit totzuschlagen: das Bett machen, die Fenster aufreißen und den Mistral oder den Nordwind hereinlassen – lüften. Sich sorgfältig waschen, die Hände, das Gesicht, den Hals. Die Frisur richten, die Haare mit einem feuchten Kamm auf dem Schädel glätten. Rasch in Gedanken eine Liste von Dingen aufstellen, die sie zu waschen, aufzuhängen und zu bügeln hatte …

In der Küche fachte sie die Glut im Kamin an, brachte das Milchtöpfchen zum Blubbern, dann ließ sie Tassen und Kaffeelöffel klirren. Schweigend nahm sie ihr Frühstück zu sich, als wäre sie als Diebin ins Haus fremder Menschen eingedrungen und labte sich ungebührlich an ihren Speisen. Sie setzte sich nicht einmal hin: Im Stehen nahm sie ein paar Schluck warme, gezuckerte Milch, biss in einen Keks, und noch bevor sie den Bissen hinuntergeschluckt hatte, war sie auch schon an der Spüle, um die Tasse abzuspülen.

Danach richtete sie Brot, Zucker und Kekse für Raffaele auf den Frühstückstisch und stellte die Tasse der Alten weit weg von den süßen Sachen hin, denn wenn sie die sah, gebärdete sie sich wie ein Kind und es war ein Kampf, sie ihr wieder aus der Hand zu nehmen. Wenn Palmira ihr verstohlenes Frühstück beendet hatte, war es fünf Uhr. Und um fünf nach fünf war schon alles bereit für das Leben der anderen.

Im Winter setzte sie sich dann vors Feuer und starrte mit weit aufgerissenen Augen in die züngelnde Flamme, die dottergelb und blutrot geädert war. Minutenlang stand sie wie gebannt von der Dringlichkeit, mit der das Knarren der Holzscheite die vibrierende Flamme antrieb. Seltsamerweise dachte sie ganz friedlich: »Ich bleibe da«, und wiederholte es ohne Panik, während sie die Handflächen zur Wärmequelle hinstreckte ... Gerade das träge Kreisen des warmen Lichts wirkte beruhigend auf sie, wenn man das so nennen konnte. Doch es war ein vages Gefühl der Beruhigung, denn es half ihr nicht, es unterbrach nur für einen Augenblick den unablässigen Gedankenstrom, war nur eine vorgetäuschte Ruhepause.

Und bei dieser kleinen Schlacht verging die Zeit, zumindest

die. Volle Minuten, lang und unerträglich wie eine Hungersnot, strichen vorüber.

Im Winter heulte der Wind und zwängte sich, mit dem Pfeifton eines Gecks beim Spazierengehen, durch die Ritzen.

Im Sommer lastete die Hitze schwer auf Haus und Hof, dass es einem die Luft zum Atmen nahm.

Andere Jahreszeiten gab es nicht. Palmira erinnerte sich nicht, seit sie auf der Welt war, jemals auch nur einen Frühling und eine Herbstzeit erlebt zu haben. Diese lieblichen Jahreszeiten waren ihr fremd, solche Zwischentöne konnte sie sich nicht einmal vorstellen. Und doch zerzauste eine sanfte Böe die Kinderhaare, brachen irgendwo die Knospen an den Zweigen auf oder öffnete sich eine Heckenrose weit entfernt von jenem Innenhof im ersten Sonnenlicht und die Stacheln der Esskastanien richteten sich auf. Sie kannte die Winter, die von Walnüssen und erfrorenen Händen erzählten, die Winter der Werwölfe, in denen es nichts als Grau gab, wenn der gefrorene Raureif alles unter sich bedeckte und die Luft einem das Gesicht zerschnitt … Sie kannte unerträglich stickige und strohtrockene Sommer, in denen kein Tropfen Wasser mehr da war, die tobend den Erdboden aufrissen, die nach vertrockneten Hortensien und nach feinem, mehligem Staub schmeckten …

An jenem anbrechenden Morgen lastete eine schlimme Ungewissheit auf ihr, die auch für jemanden wie sie, die im Leben bereits alles Mögliche durchgemacht hatte, schwierig zu ertragen war. Sie massierte sich den Bauch. Tief durchatmend wartete sie ab, dass die Milch auf dem kleinen Gaskocher warm wurde: Ein Ekelgefühl stieg in ihrem Hals auf, als müsste sie Schlamm schlucken. Sie verzog das Gesicht, um diesen Ekel, vielleicht auch die Angst, die so störend war wie ein am Gaumen klebendes Haar, wieder in die Tiefe zu drängen.

Sie drehte die Gasflamme unter dem Töpfchen ab. Allein bei der Vorstellung, von der lauwarmen Milch zu trinken, wurde ihr auf der Stelle schlecht. Sie setzte sich hin. Sie wartete und die Zeit verrann. Das war ihre Lebenszeit, dachte sie, die ihr, wer weiß wann und wo, gewährt worden war. »Vierzig Jahre«, sagte sie sich, »vierzig Jahre«, und noch einmal: »Vierzig Jahre«. Es genügte, einfach eine persönliche Zahl immer wieder auszusprechen, um daraus eine Art Paradox werden zu lassen.

In jenem besonderen Morgengrauen war alles wie gewöhnlich und doch anders. Und genau das störte sie, und wie es sie störte! Sie strich sich mit der warmen Handfläche noch einmal über den Bauch.

Sie begann wieder von vorne, denn sie wollte sich nicht geschlagen geben. Alles machte sie noch einmal: Sie stand auf, zündete die Flamme unter dem Milchtopf an, bereitete Brot und Kekse vor, stellte die Tassen für Raffaele und die Alte hin ... Dann goss sie sich die Milch ein, setzte sich an die Tischecke und führte ihre Tasse, die, an der der Henkel fehlte, an die Lippen.

Dieses Mal war es ein richtiggehender Zweikampf: Nach dem ersten Schluck musste sie die Lippen so fest zusammenpressen, dass die Kiefergelenke ein schwaches Schnalzen von sich gaben. Ihr Magen verklumpte sich zu einem Stein, der entgegen dem Gesetz der Schwerkraft nach oben rollte. Palmira schnellte in die Höhe, mit einem Sprung war sie beim Spülbecken und spuckte das bisschen Milch aus, das sie heruntergezwungen hatte.

Was ihr Sorgen bereitete, war etwas so Unvorhersehbares, dass sie nicht einmal Angst davor hatte. Noch nicht zumindest, die Angst würde schon noch kommen, ganz bestimmt. Sie brauchte nur abzuwarten.

Aus dem Innersten des Hauses ertönte der Schrei der Alten, ein kehliges Gebrüll, ein Hilfeschrei, der Klagelaut eines Kaninchens: Es war ein schwarzer Tag.

Sie wusste es.

16.
(Tochter und Dienstmagd)

Wer Palmira ist? Eine Heilige. Schließlich hat sie sich da eine ganz schöne Bürde aufgeladen mit der Alten, die sie versorgt. Das ist gar nicht so einfach! Klar doch, als sie noch keine zehn Jahre alt war, wurde sie wie eine Tochter in diesem Haus aufgenommen ... Ihre Familie hieß Canepa und kam aus der Gegend von Nurra, doch viel weiß man nicht über diese Leute ... Jedenfalls hatte Canepa Palmira einen Haufen von Geschwistern und zu Hause gab es einfach nicht für alle genug zu essen, so hat die alte Marongiu sie zu sich geholt.

Sie sind entfernte Verwandte, Palmiras Vater war Cousin zweiten Grades der Alten.

So haben sie ihrem Herz einen Stoß gegeben und gesagt: Nehmen wir das ältere Mädchen zu uns, für den Haushalt kann sie ganz nützlich sein. Wie eine Tochter eben haben sie sie aufgenommen, denn der Schuhmacher Marongiu hatte nur Söhne.

In Wahrheit, so sagen einige, haben sie sich keine Tochter, sondern eine Dienstmagd ins Haus geholt, denn wenn Palmira auch noch ein Kind war, war sie als Hausfrau Gold wert: Sie war reinlich, schnell, verschwiegen. Raffaele wurde praktisch von ihr großgezogen, nicht von der Mutter, denn die alte Marongiu hatte immer schon einen schwierigen Charakter gehabt, besonders nach dem Tod ihres Ehemanns.

Sie ist eine ziemlich verwöhnte Frau. Der Ehemann, als er noch lebte, hat sie verwöhnt, vielleicht mehr um Schwierigkeiten aus dem Weg zu gehen denn aus Liebe. Im Übrigen halten viele Männer es so: Sie lassen die Frau im Haus Königin und Herrscherin sein, verzichten gerne auf ihre Macht, aber nur, um sich dann ihren eigenen Angelegenheiten zu widmen.

Also die alte Marongiu hatte das große Los gezogen, sie hatte das Sagen im Haus und obendrein noch eine Dienstmagd ... Ja, jetzt ist es gesagt, so brauchen wir nicht mehr um den heißen Brei herumzureden. Manche Sachen muss man einfach klipp und klar sagen: Palmira bezahlte einen gesalzenen Preis für die Gastfreundschaft, die sie genoss.

Die Söhne des Hauses liebte sie mehr, als es eine richtige Schwester hätte tun können. Wehe man wollte auch nur ein krummes Wort über Ettore sagen; mit Michele schien sie weniger offenherzig, doch das kam daher, dass er kaum je zu Hause war; Raffaele, wie ich bereits sagte, den hatte sie praktisch großgezogen. Obendrein war sie verschwiegen und zurückhaltend, nie kam ihr in den Sinn, den Mund aufzumachen und etwas zu sagen. Wenn man sie um eine Meinung zu diesem oder jenem bat, zuckte sie nur mit den Schultern.

17.

(es gibt solche und solche Feinde)

Michele Marongius Frau sah sich die Dienstmarke des Polizisten genau an, dann trat sie beiseite und machte die Türöffnung frei. Sanuti betrat die Wohnung mit Vorsicht, beinahe respektvoll. Allein ging er hinein, die anderen Beamten einschließlich der zwei von der Technischen Abteilung blieben auf dem Treppenabsatz stehen und warteten, dass der Commissario ihnen Anweisungen gab, mit den Ermittlungen zu beginnen.

»Sind Sie Maddalena Marongiu?« Die Frau nickte knapp. »Hier wäre ein Hausdurchsuchungsbefehl …«, sprach Sanuti weiter und versuchte, dem Blick ihrer grauen Augen auszuweichen.

Die Frau breitete die Arme aus. Sie trug dezente Trauerkleidung in gedämpften Farben. Sie war eine schöne, recht füllige Frau, aber von einer prachtvollen Fülligkeit, mit üppigem, festem Busen.

Sanuti drehte sich zu den Kollegen um, und die traten ein. »Wir werden versuchen, kein allzu großes Durcheinander zu machen, doch das verstehen auch Sie, bei den laufenden Ermittlungen …«, rechtfertigte er sich. Doch die Frau war bereits auf dem Weg zu einem kleinen, schlicht eingerichteten Wohnzimmer.

Sanuti folgte ihr, während die Polizeibeamten mit Handschuhen die Räume untereinander aufteilten, die sie durchsuchen wollten.

»Was genau sucht ihr eigentlich?«, fragte Maddalena Marongiu endlich. »Vielleicht kann ich euch behilflich sein, bevor ihr alles auf den Kopf stellt …«

Sanuti deutete ein Lächeln an. »Die Wahrheit ist, dass wir es selbst nicht genau wissen«, sagte er ganz offen. »Dennoch ist uns Hilfe immer von Nutzen: Hatte Ihr Ehemann Feinde, soweit Sie wissen?«

Die Frau antwortete erst nach einigen Sekunden: »Wer hat die nicht?«, sagte sie schließlich und setzte sich auf einen alten, gepolsterten Stuhl.

Sanuti riss die Augen auf: »Das mag schon sein«, sagte er. »Aber nicht alle werden ermordet … Nun, wie auch immer … Ich wollte es eigentlich nicht so ausdrücken …«, entschuldigte er sich rasch.

»Ich weiß, was Sie sagen wollten: Es gibt solche und solche Feinde, nicht wahr?«

»Genau das.«

»Nein.«

»Wie bitte?«

»Die Antwort lautet nein: Soweit ich weiß, hatte er keine Feinde dieser Art.«

Sanuti ließ sich einen Augenblick Zeit und sah sich um, um die fieberhafte, aber konzentrierte Arbeit seiner Männer zu begutachten. »Etwas, das uns helfen kann, die letzten Aktivitäten zu rekonstruieren, bevor er …«

»... Darüber habe ich bereits mit dem Staatsanwalt gesprochen«, unterbrach die Frau ihn.

»Dann wiederholen wir es doch noch mal.« Sanuti ähnelte jetzt einem alten Grundschullehrer, der es mit einem begriffsstutzigen Schüler zu tun hat. Die Frau erwiderte in betroffenem Tonfall: »Ich weiß es nicht, ich weiß nicht, was er gemacht hat. Ich weiß nur, dass er mich an jenem Abend angerufen hat, um mir zu sagen, dass es bei ihm spät werden würde.«

»Hat er Ihnen nicht gesagt, ob er eine Verabredung oder etwas Ähnliches hatte?«

»Nein.« Grabesstille. Sanuti sah sich noch einmal um. In der Wohnung waren nur die Beamten zu hören, die die Gegenstände und den Nippes untersuchten. »Nichts«, fügte die Frau hinzu, die sich langsam unwohl fühlte.

»Nichts«, wiederholte Sanuti. »Das macht es nicht gerade leicht für uns«, bemerkte er. Dann beschloss er, sich noch etwas Zeit zu lassen. »Der Staatsanwalt hat Ihnen bereits einige Fragen zum Verhältnis zwischen Ihnen und Ihrem Ehemann gestellt?«, holte er aus.

Die Frau hatte keinerlei Absicht, ihm die Sache leicht zu machen. »In welcher Hinsicht?«, fragte sie mit der Offenheit von jemandem, der sehr gut verstanden hatte.

»Konnte man Ihre Ehe mit Michele Marongiu als glücklich bezeichnen?«, fragte Sanuti mit Nachdruck.

»Ach!«, und mit diesem Ausruf wollte die Frau Zeit gewinnen. »Das wurde ich *schon einmal* gefragt und ich habe auch *schon einmal* geantwortet.«

»Wenn Sie so freundlich wären, mir das zu wiederholen, wäre ich Ihnen dankbar.« Sanutis Tonfall ließ das unmittelbare Ende des höflichen Wortwechsels erahnen.

Die Frau blieb stur. »Redet ihr in der Staatsanwaltschaft nicht miteinander?«, fragte sie frech. »Wozu das Aufschreiben und Registrieren, wenn man dann verschiedenen Leuten die gleichen Sachen wiederholen muss?«

Sanuti griff sich einen Stuhl, stellte ihn dem der Frau gegenüber und nahm Platz; dann beugte er den Oberkörper so weit nach vorne, dass er nur noch wenige Zentimeter von ihrem Gesicht entfernt war. Sein Blick drang durch ihre graue Iris bis in ihr Gehirn. »Was ich weiß, zählt nicht, es zählt, was Sie wissen, haben wir uns verstanden? Muss ich Ihnen die Frage wiederholen?«

Maddalena Marongiu senkte die Augen. »Sie machen mir bestimmt keine Angst«, sagte sie spitzzüngig und ohne das geringste Zittern in der Stimme.

»In der Tat, nicht vor mir müssen Sie Angst haben«, entgegnete Sanuti scharf.

Die Frau begann ihre Hände zu begutachten. Sie wollte gerade den Mund aufmachen, als ein Polizist Sanutis Aufmerksamkeit auf sich zog: »Commissario, hier!«

Sanuti sprang auf und ging zu ihm hin. Der Beamte war in Hockstellung vor einem Gasherd und leuchtete mit einer Taschenlampe in die offen stehende Herdröhre.

Sanuti steckte beinahe die Nase hinein. »Was ist das für Zeug?«, fragte er den Beamten.

»Papiere, es scheinen verbrannte Papiere zu sein.«

18.

(beginnen wir beim Tatort)

Maresciallo Pili tippte sich mit dem Zeigefinger an die Nase und hörte Corona zu. »Ja, also?«, fragte er schließlich in seiner verschwörerischen Art.

Corona sah ihn an, als wolle er begreifen, ob der andere es ernst meinte oder nicht. »Also dann sagen Sie mir doch, was Sie darüber denken«, und das klang wie eine Aufforderung und eine Frage zugleich.

»Ich denke, dass da nichts, rein gar nichts ist.«

»Das habe ich erwartet.«

»Doch das bedeutet nicht …« Pili stutzte und verfolgte einen ganz eigenen Gedanken.

Corona wusste, dass es in solchen Fällen völlig unnötig war einzugreifen.

In der Tat machte der Maresciallo allein weiter: »Für mich stinkt die Sache nach einem Hinweis, drücke ich mich klar aus?«

Corona nickte unweigerlich: »Hm, die Frage ist nur, für wen dieser Hinweis bestimmt ist.«

»Beginnen wir beim Tatort«, schlug der Maresciallo vor.

»Das Grundstück der Marongiu, *sa 'e Marongiu*«, ergänzte der Staatsanwalt.

»Das ist allerdings nicht ganz richtig. Dieses Grundstück gehörte ursprünglich der Familie von ihr, der Ehefrau. Marongiu war bettelarm, bevor er heiratete.«

»Ja, aber soweit ich mich erinnere, wurde dieses Grundstück immer schon so genannt, oder nicht?«, fragte Corona und zog das Handy aus der Jacketttasche.

»Ihre Erinnerungen sind neueren Datums, Herr Staatsanwalt, dieser Ort hieß *Mortu s'omine.*«

Corona hielt eine Weile inne und dachte nach. »Der Ort ...«, überlegte er laut und machte sich an den Tasten seines Handys zu schaffen, um es wieder einzuschalten. »Also kein beliebiger Ort ...«

»Ganz und gar nicht«, bestätigte Pili mit seiner üblichen gerissenen Art.

19.
(mortu s'omine)

Dieses Grundstück hat eine seltsame Geschichte. Es hatte einem aus Bitti gehört, der in einer einzigen Nacht eine Grenzmauer darum herum gebaut hatte. Die Gesetze seinerzeit ließen so etwas zu und er hatte es geschickt gemacht. Zwölf Wagenladungen Steine hatte er nach Sonnenuntergang gemeinsam mit seinen Verwandten herbeigeschafft. Nach sechs oder sieben Stunden Schufterei hatte er sich ein ziemlich großes Grundstück unter den Nagel gerissen.

Es heißt, dass der Mann aus Bitti Neffe eines Pfarrers war und lesen und schreiben konnte. Das hat insofern mit dem Grundstück zu tun, als der größte Teil der Leute, die ein Stück Land eingrenzten, das Stück für Stück taten, er dagegen nicht. Er hatte angeordnet, eine Begrenzungslinie aus Stein zu ziehen und weiter nichts. Das Gesetz besagte nämlich nicht, wie hoch das Grenzmäuerchen sein sollte, es sprach einfach nur von *umgrenzen* und Schluss. Was macht also der Typ aus Bitti? Anstatt Zeit und Material zu verschwenden, um eine Mauer hochzuziehen, *umgrenzt* er das Gelände mit einem Streifen aus Steinen, wie man es mit den Beeten im Hausgarten tut, um die Erde zusammenzuhalten.

Auf diese Weise hat er Zeit und Mühe gespart und Land gewonnen, denn in kürzester Zeit hatte er einen Nusshain, eine Quelle, rund hundert Olivenbäume und auch ein schönes Stück Weideland umschlossen. Ein wahres Paradies. Um die Mauer mit Ruhe zu bauen, war immer noch Zeit – wichtig war nur, so viel Bodenfläche wie möglich zu *umgrenzen.*

So kam es dann zu Streitigkeiten. Irgendjemand trat an ihn heran, um ihm mitzuteilen, dass er nicht der rechtmäßige Besitzer war, denn er hatte das Land nicht richtig umschlossen, mit einem Satz war man über dem Mäuerchen und auf dem Grundstück. Doch der Mann war ein Starrkopf. Er behauptete, er sei im Recht, und zeigte die öffentliche Bekanntmachung: »Umgrenzen«, wiederholte er, »um-gren-zen, verstanden?« Da steht nichts von wegen einen Mauerwall bauen oder mindestens drei Reihen Steine aufeinander schichten. Nichts von alledem, nur umgrenzen. Es muss gesagt werden, dass damals auch die Reichen ignorant waren. Und erst recht ignorant waren die reichen Nuoreser um das Jahr 1825. Doch wir sollten jetzt nicht über die Leute aus Nuoro oder sonstwo diskutieren. Tatsache ist einfach, dass die meisten Leute weder lesen noch schreiben konnten, eben Analphabeten waren. Gerade mal die Pfaffen und die Notare hatten ein wenig Ahnung davon und bereicherten sich dank der geschriebenen Gesetze der Piemonteser auf Kosten der armen Teufel ... auch die dummen Bauern wussten nichts, und die anderen noch weniger.

So vertrauen sich die geprellten Nuoreser einem Notar an, der sich diesen Erlass von A bis Z vornimmt. Dieser tritt an den aus Bitti heran und erzählt ihm etwas von Präzedenzfällen: Alle hätten nämlich bis zu diesem Zeitpunkt das Gesetz so ausgelegt, dass eingrenzen eben richtig eingrenzen hieß; die

Konvention war bis zum Beweis des Gegenteils gültige Rechtsprechung und seinen Worten nach galt dieses Grundstück noch immer als frei. Der Notar sagte, dass eben sämtliche Präzedenzfälle, Lemmata, Paragrafen und *conquibus* ihm, dem Usurpator aus Bitti, Unrecht gaben.

Der aus Bitti ist noch unentschieden, ob er den Notar mit einem schönen Messerstoß unter die Erde bringen oder sich mit ihm auf eine Diskussion einlassen sollte. Er überlegt ein Weilchen, streicht mit der Handfläche über den Horngriff seines Messers. Schließlich macht er den Mund auf und sagt: »Passt nur auf, für blöd könnt Ihr mich nicht verkaufen.«

In der Tat war dieser Typ aus Bitti ganz und gar nicht blöd: Er hatte sich die Sache gut zurechtgelegt. Und das Gesetz war voll und ganz auf seiner Seite. Einen Präzedenzfall gab es tatsächlich, denn die Sache mit dem Umgrenzen hatte er bei Vergil gefunden. Auch wenn die Geschichte schon sehr alt ist und von der Königin Dido handelt, die an den Gestaden der Berber landet, um ihrem Bruder zu entfliehen, der ihren Ehemann Siccheo umgebracht hat.

Didos Schönheit hat sofort einschlagende Wirkung bei den afrikanischen Stammesfürsten, die sie am liebsten auf der Stelle heiraten wollen, doch sie hat andere Absichten: Sie würde nämlich gern Karthago gründen, doch es fehlt ihr an Boden dazu. So bittet sie einen alten König um ein Stückchen Land. Der hat einen jungen Sohn, einen schwarz gelockten Fürsten. Der König gibt ihr zur Antwort, wenn sie seinen Prinzensohn, der ein Krieger und auch ein schöner Kerl ist, heiratet, braucht sie um gar nichts mehr zu bitten, denn das ganze Land und das gesamte Königreich werden dann ihr gehören. Doch Dido hat überhaupt keine Lust zu heiraten: Mir reicht gerade so viel, um ein Städtchen zu erbauen, und ein wenig Land ringsum, sagt sie. Der König ist ein wenig beleidigt und der Prinz ebenfalls, weil sie auf diese Weise zurückgewiesen werden. So sagt er zu Dido, dass er ihr im Höchstfall so viel Boden überlassen kann, wie auf dem Fell eines Schafbocks Platz hat. Unerwartet nimmt Dido das Angebot an. Und alle Berber, der Prinz, der König und der Königshof lachen sich ins Fäustchen und denken, dass diese Frau wahrlich dumm sein muss, da doch im Höchstfall ein ausgestreckter Mann auf ein Schafsfell passt, aber bestimmt kein Königreich und keine Stadt. Sie lachen sich einen Ast und sagen zu ihr, sie solle ruhig machen. Ja, sie sind sogar so großzügig und gestatten ihr, einen schönen großen Bock zu schlachten: Damit sie es recht bequem hätte, wenn sie sich hinlegte, sagen sie und halten sich die Bäuche vor Lachen.

Dido wählt ein großes Vieh aus, lässt es ordentlich scheren und ihm das Fell abziehen. Und während die Frauen die Wolle kämmen und spinnen, gerben die Männer die Haut und schneiden sie dann in haarfeine Streifen. Alles schneiden sie so klein, auch die Hörner und die Hufe des Tieres.

Die Berber sehen den Phöniziern bei der Arbeit zu und werden misstrauisch, doch sie begreifen nichts. Nur die gute Laune ist ihnen vergangen.

Das Wollknäuel ist fertig. Es ist eine spinnwebdünne Wolle.

Die Haut wurde in so dünne Streifen geschnitten, dass ein Hauch genügt, um sie zu zerreißen.

Die ganz fein zerkleinerten Hufe und Hörner wurden heiß verschmolzen, und zu einem starren, viele Meter langen Band gefügt.

Darauf beginnen sie mit der Umgrenzung, zuerst mit der

Wolle, dann mit der Haut und zum Schluss mit den Hufen und den Hörnern.

Es ist ein riesiges Gebiet, ein wahres Königreich, von wegen Gerede …

Der Notar ist in Schwierigkeiten, wenn das kein Präzedenzfall ist!

»Also nun?«, fragt der Mann aus Bitti.

Der Notar weiß nicht, was er antworten soll: *mortu s'omine.*

20.
(tiefe Wolken)

»Ich war immer fest überzeugt, dass die Redensart *mortu s'omine* von einer Bluttat stammt«, gab der Staatsanwalt nach einigen Minuten Schweigen zu bedenken.

»Aber nein. *Mortu s'omine* meint die Unmöglichkeit, eine Erwiderung zu geben, wenn eine Sache derart evident ist, dass es einem die Sprache verschlägt – erschlagen ist der Mann da, wie tot.«

»Ja, ich hab's verstanden, aber woher wissen Sie all diese Dinge?«

»Tja, aus Erzählungen … Auch die sind manchmal von Nutzen, nicht wahr?«

Der Staatsanwalt hatte keine Zeit mehr zu antworten, denn sein Handy klingelte: »Ja? … Ach, ja, ich bin schon fertig … Nein, das hatte ich ausgeschaltet … Schon verstanden, aber ich wollte nicht gestört werden … Die Durchsuchung? … Gut, gut. In meinem Büro also …

Ich muss gehen«, sagte Salvatore Corona und verabschiedete sich vom Maresciallo.

Nicola Pili hob eine Hand zum Gruß, bevor dieser den Satz zu Ende sprechen konnte.

»*Marescià*, ich habe einen ziemlich üblen Vormittag hinter mir. Denken Sie an das, was ich Ihnen gesagt habe«, meinte der Staatsanwalt zum Abschied und schon hatte er den Türgriff in der Hand.

Agnese Pili stieß einige Sekunden später im Wohnzimmer auf ihren Ehemann. Sie sah ihn an, wie nur sie dazu in der Lage war. Nicola Pili starrte durchs Fenster, als wollte er sich klar werden, was da draußen für ein Wetter herrschte. »Mach dir keine Sorgen«, sagte er zu seiner Frau. »Er ist nur gekommen, um einen Plausch zu halten, er musste klare Gedanken fassen.«

»Eure Schwätzchen kenne ich«, zischte Agnese und tat so, als überprüfe sie gerade die Staubmenge auf den Möbeln. »Und im Übrigen, habe ich etwas gesagt?«

»Du sagst nichts, aber wenn deine Blicke töten könnten!«, meinte der Maresciallo nur.

»Mach, was du willst«, fuhr seine Frau ihn böse an. »Komm aber hinterher nicht und jammere mir etwas vor.«

»Du regst dich wegen nichts und wieder nichts auf. Er wollte nur klare Gedanken fassen«, wiederholte er, um sich selbst davon zu überzeugen.

Agnese nickte mit dem Kopf, als wollte sie sagen: Ja, ja, wenn du das sagst. »Der will, dass du dich um …«

»Ach, sei doch still!«, unterbrach der Maresciallo sie.

Ein unangenehmes Schweigen machte sich breit. Vor den Fenstern blieben tiefe Wolken zwischen den Antennen auf den Dächern hängen. Weit dahinter versank die Erde in einer dicken Schicht, einem gelblichen Fischleim aus fetter Luft. Die Blätter der Platanen in der kleinen Allee schienen aus Krepppapier zu sein, obwohl die Aprilluft um sie strich.

»Glaubst du etwa, ich weiß nicht, was du denkst?«, sagte der Maresciallo schließlich mit einer Stimme, die sich dem Landschaftsbild angepasst hatte. »Du denkst, ich bin zu alt und jetzt ist die Zeit gekommen, dass ich in aller Ruhe das Pensionsalter genießen sollte. Aber ich weiß nicht, ob ich dazu in der Lage bin ... Dieser Ruhestand macht mir mehr Angst als die Verbrecher ...« Er beendete den Satz mit der haarscharfen Gewissheit, dass seine Frau ihm gar nicht mehr zuhörte. In der Tat war Agnese schon vor einer Weile in die Küche gegangen.

Jetzt hatte ein Windstoß die Wolken befreit, er sah sie über dem Dach des Hauses gegenüber. Auf dem Gehweg sprach der Staatsanwalt Corona ins Handy, bevor er in seinen Wagen stieg.

»Was soll das heißen, du schaffst es nicht?«

»Die Arbeit, du weißt doch selbst, wie es ist, ich habe einen schwierigen Fall ... Komm doch du, nimm das Flugzeug ...« Danila Comastris Stimme klang nicht so, als wollte sie sich entschuldigen.

»Und was soll ich bei dir, wenn du eh so viel zu tun hast? Außerdem sieht es auch bei mir nicht rosig aus ... Aber du hättest mir ruhig früher Bescheid geben können, ich habe mich schon so gefreut ...«

»Ja wirklich?«

»O ja, wirklich.«

»Schon den ganzen Tag versuche ich dich anzurufen, ich habe dir auch eine Nachricht hinterlassen.«

»Ja, aber ich bin noch nicht im Büro gewesen ... Ich gehe jetzt erst hin ...«

»Du wirst sehen, das nächste Mal schaffen wir es, uns zu

treffen. Weißt du, ich kann's kaum erwarten, wieder nach Sardinien zurückzukehren.«

»Dann hättest du keinen Antrag auf Versetzung stellen dürfen ...«

»Sei nicht zornig.«

»Ich bin nicht zornig.«

»Diesen Ton kenne ich an dir.«

»Dann komm doch, nimm den Flieger, wie es abgemacht war, und komm einfach.«

»Ich kann wirklich nicht ... Rufst du mich heute Abend an?«

»Ich weiß nicht ...«

21.
(was wir schon immer wissen)

Wir wissen beispielsweise, dass Vorurteile eine Art Gemeingut sind. Wir wissen, dass sich mit etwas begnügen nicht zwangsläufig kapitulieren bedeutet.

Vor dem unausweichlichen Einschnappen, dem automatischen Klicken der natürlichen Zusammenhänge senken wir verständnisvoll den Kopf.

Wir wissen, dass die anderen die Wissenden und wir die Lernenden sind.

Doch das kostet uns einiges. Es kostet uns, als die Ertragenden, als die Verständnisvollen dazustehen.

Wir wissen, dass wir gern nicht verständnisvoll wären, der Wut freien Lauf lassen würden.

Doch uralte, viel zu schwere Bremsklötze halten uns zurück. Schicht um Schicht gesenkte Köpfe, vernünftige Überlegungen, Verständnis.

Wir wissen, dass wir uns schwer abmühen müssen, um uns Glaubwürdigkeit zu verschaffen, die dennoch schwach bleibt, dass wir den Almosenteller unachtsamen Leuten entgegenstrecken und uns die Tränen locker sitzen.

Und wie viele Tränen! Denn wir sind Kinder. Kleine Dummerchen, noch wacklig auf den Beinen, die manchmal steif werden …

Wir wissen, dass es jemanden gibt, der bereits für uns entschieden und uns unseren Platz zugewiesen hat.

Das wissen wir …

22.
(Asche)

»Was ist das für Zeugs?«, fragte Corona.

Er hielt ein Bündel Fotokopien in der Hand. Die Blätter waren grau verfleckt und negativ bedruckt.

»Verkohlte Papiere, alles, was noch lesbar ist«, erklärte Sanuti.

Corona bemühte sich, etwas zu verstehen. »Ich habe keine Zeit zu verlieren«, platzte er heraus. »Um was handelt es sich genau?«

»Es scheint ein ärztlicher Befund zu sein, das Gedruckte ist im Gegenlicht einigermaßen lesbar, beim Erkennungsdienst sind sie gerade dabei, alles zu übertragen.«

»Ein ärztlicher Befund«, sinnierte Corona. »Aber von wem?«

»Das wissen wir nicht, aber meiner Meinung nach ist es ein Standardformular für Laboruntersuchungen. Wenn die Jungs gute Arbeit leisten, kriegen wir sogar den Namen des Labors oder des Arztes heraus, der es geschrieben hat.«

»Und sonst?«

»Und sonst gibt es fast nichts, bis auf Verwesungsspuren auf den Kleidern des Toten ...«

»Also?«

»Also, es hat nicht viel Sinn: Die stammen von jemandem, der bereits seit mindestens einem Monat tot ist ...«

»Seit einem Monat?«

»Ja, der Erkennungsdienst hat den Gerichtsarzt gerufen, aber noch steht nichts fest.«

»Also wenn ich Sie richtig verstehe, Commissario, haben wir einen, der seit zwei Tagen tot ist und Spuren eines Toten hinterlässt, der vor einem Monat gestorben ist?«

Sanuti zuckte mit den Schultern, wie um zu sagen, dass das alles sei. Corona warf noch einen Blick auf die Blätter in seiner Hand und versuchte sich zu konzentrieren. »Ich kann hier nichts entziffern«, gab er nach einer Weile auf.

Ein leichtes Klopfen mit den Handknöcheln gegen die Tür und dann betrat Carmen das Amtszimmer des Staatsanwalts: »*Dottore*, ich habe Sie gar nicht kommen sehen. Es gab verschiedene Anrufe für Sie. Hier habe ich Ihnen alles aufgeschrieben«, sagte sie und legte den Merkzettel auf den Schreibtisch.

Salvatore Corona entließ sie mit einer Kopfbewegung und warf einen flüchtigen Blick auf das Papier. Dann sah er zu Sanuti, der sogleich daran dachte, sich zu verabschieden. Er machte Anstalten zu gehen.

»Wohin wollen Sie?«, fragte Corona, als er ihn nach der Türklinke greifen sah.

Erstaunt wandte Sanuti sich um: »Ich dachte, Sie wollten alleine sein.«

Corona lächelte milde: »Setzen Sie sich, setzen Sie sich, wir sind noch nicht fertig. Also ...«, fuhr er fort, »... wir haben da einen Anzug, der noch vor dem Toten tot war, und ein wenig

Asche. Kommt Ihnen das nicht wie ein Riesenschlamassel vor?«

Sanuti nickte zwangsläufig. Ihm lag auf der Zunge, dass es für Schlussfolgerungen vielleicht noch zu früh sei und sich die Dinge von der richtigen Seite besehen am Ende von selbst erklärten. Eine Menge Verlegenheitsformulierungen kreisten in seinem Gehirn und er ließ sich den Bruchteil einer Sekunde Zeit, um die für den Moment geeignetste abzurufen. Im nächsten Augenblick würde er den Mund aufmachen, denn das Schweigen in diesem Büro dauerte einfach zu lange.

Doch ihm blieb keine Zeit mehr. Die Tür wurde aufgerissen und Pintus trat mit seinem üblichen gelangweilten Gesichtsausdruck ein, zu dem sich dieses Mal noch eine Spur von Verärgerung gesellt hatte.

»Was muss man eigentlich anstellen, um dich zu treffen?«, ging er auf Salvatore Corona los und übersah Sanuti völlig.

»Oh, Pintus, was gibt's?«

»Was es gibt, das sage ich dir gleich!«, knurrte Pintus und knallte eine Dokumentenmappe auf den Schreibtisch.

23.
(Cosmo Good)

Der Kellerraum war vollständig mit Eierkartons verkleidet und wirkte wie eine Raumschiffkapsel. Es war eine recht geräumige Weinkantine. Jetzt waren sie zu sechst, also beinahe vollständig, kommentierte Letizia Mele, die Powerfrau, die Anführerin.

»*Cosmo Good* durchlebt eine entscheidende Phase: Wir sind das geheime Gewissen dieser Stadt, wir sagen das, was die anderen nicht sagen. Das ist *Cosmo Good.*«

Raffaele Marongiu unterdrückte ein Gähnen. Sein Blick schweifte zu Costantino, dann schüttelte er den Kopf, als wollte er sich selbst weismachen, dass Letizias Worte ihn brennend interessierten.

»In dieser Versammlung unserer Zelle müssen wir die Sache in den Griff kriegen und eine Strategie entwerfen … Die Störaktion bei den Terminals in der Gemeindeverwaltung war erfolgreich: Die Vergabe der Baugenehmigungen hat sich beträchtlich verzögert, das File der Stadtplanung wurde beschädigt, wir wissen jetzt, wie und wann eingreifen.«

Letizia Mele redete mit Nachdruck, so wie es eben zu einer Anführerin passte.

Costantino saß da und hörte zu. Sein ganzes Leben lang hätte er am liebsten nur zugehört. Mit dem Reden war es etwas anderes, ja gewiss, mit Raffaele vielleicht … Jetzt jedenfalls hörte er zu, ließ die Worte durch sich hindurchlaufen.

Die anderen schienen voll und ganz bei der Sache zu sein, als hätten sie eine klare Vorstellung von dem, was sie taten, tun würden und getan hatten. Lucia beispielsweise ließ sich kein Wort, keine einzige verdammte Silbe aus Letizias Mund entgehen. Und die redete und redete, stellte Fragen und beantwortete sie selbst mit: die Regeln, die Abmachungen, der Auftrag, der Untergrund, dieser Keller.

Es waren Wortfetzen, abgehackte Worte. Gerede, das an diese schrecklichen Flickendecken erinnerte, bei denen geblümte Rhomben, gestreifte Rhomben und karierte Rhomben aneinander genäht waren; so zusammengewürfelt, dass sie sogar einen Sinn ergaben.

Aber nein doch! Einen Sinn gab es nicht, nein, wirklich nicht, denn der Sinn war immer derselbe, immer wieder hieß es: Wir leben in einem Dickicht aus Scheiße, ja wir leben sogar in einem richtigen Scheißhaufen.

Flüsse aus Scheiße und Blut. Blut und Scheiße. O ja, das war ein Sinn, das hatte eine Bedeutung, zum Teufel und was für eine! Von wegen Worte, von wegen großes Gerede, von wegen Missionen.

Besorg dir einen Regenschirm, du Mistkuh! Aber einen stabilen, nicht so einen für feine Damen, sondern einen mit Holzspeichen, denn hier regnet es richtig fette Scheißbollen …

»Costantino, bist du bei der Sache, folgst du uns?«, tönte es aus dem Wortschwall von Letizia Mele heraus.

Costantino fuhr auf, tat aber so, als wollte er sich nur bequemer hinsetzen; so wie die Katzen, wenn sie vom Stuhl geplumpst sind und dann einen absichtlichen Sprung vortäuschen: Nach einem Augenblick der Verwirrung gehen sie ihres Wegs, als sei nichts geschehen. »Ja, alles in Ordnung«, erwiderte Costantino knapp nach einem kurzen Zögern.

»Es ist wichtig, dass alle begreifen, um was es geht«, sagte Letizia Mele, ohne ihn anzuschauen, ließ ihren Blick aber ziellos zwischen den Anwesenden kreisen. »Deshalb habe ich mich gefragt, ob Costantino in Gedanken möglicherweise ganz woanders ist. Wenn ja, können wir nur hoffen, dass du dort deinen Spaß hast, denn wir hier auf der Erde sind gerade dabei, wichtige Entscheidungen zu treffen.«

Halt den Regenschirm bereit, du Hurentochter, halt den Regenschirm bereit, und wenn dir noch Zeit bleibt, steck deine Nase fünf Handbreit tief in meinen Hintern, *bastarda* … Kaum hatte er das zu Ende gedacht, hatte er auch schon Letizia Meles Pferdegesicht wenige Millimeter vor seiner Nase.

»Alles in Ordnung«, wiederholte Costantino etwas mechanisch.

»Wir haben über wichtige Dinge zu entscheiden. In erster Linie: Was machen wir mit dem Material, das wir übers Internet gesammelt haben?«, fuhr Letizia Mele fort und ließ erneut einen ihrer Panoramablicke schweifen. Drei Jungen und drei Mädchen warteten darauf, dass sie ihre Rede fortsetzte. Costantino dagegen konnte es nicht erwarten, dass sie endlich Schluss machte. Raffaele beobachtete Costantino.

»Mitteilungen?«, fragte Costantino wie aus der Pistole geschossen.

»Die Schweinepest …«, verkündete Braghetta, der eigentlich Pino Muroni hieß.

24.
(Tote und Verletzte)

Vor der Versammlung hatte im Kellerraum ein Kampf stattgefunden.

Der Kampf war gegen Abend ausgetragen worden, ein Abend von undefinierbarer Farbe.

Costantino hatte auf sie gewartet, er wusste, dass sie zu spät kommen würde. Und in der Tat, Letizia Mele kam zu spät.

Es hatte damit begonnen, dass sie sich entschieden hatte. Es hatte damit begonnen, dass sie ihn gebeten hatte, vor der Versammlung zu kommen. Es hatte damit begonnen, dass sie ihm erlaubt hatte, ihre Brüste zu berühren, aber nicht, sie zu küssen … »Du stinkst aus dem Mund«, hatte sie gesagt. Aber immerhin hatte sie sich an die Brüste fassen lassen. Und in der ganzen Zeit, da Costantinos Hände über ihren Busen gestrichen hatten, hatte sie geredet und geredet. Worüber, lässt sich nicht sagen, zumindest nicht von Costantino, denn er hatte gar nicht richtig zugehört.

Der Kampf begann, als Costantino versuchte, ihr Unterhemd hochzuheben, um auf Hautfühlung zu gehen. »Was tust du da?«, hatte sie gefragt. Costantino hatte sie angesehen, als wollte er sagen, dass es doch völlig klar sei, was er da tat. Doch

Letizia hatte einen Rückzieher gemacht. Mit dem Körper war sie auf Distanz gegangen, nicht aber mit dem Blick. Costantinos Hände blieben in der Luft. Dann versuchte er es mit einem Schritt vorwärts, sie rührte sich nicht. Alles ging wieder von vorne los, wenn auch nicht mehr so heftig. Die Berührungen wurden immer bedenklicher, und auch ein wenig trist, um die Wahrheit zu sagen. Costantino versuchte, ihren Hals zu küssen. Sie ließ ihn gewähren, ihre Arme aber hingen schlaff an den Seiten herunter. Ihre Passivität ermunterte ihn ein Stück weit. Costantino zog sie an sich, Körper an Körper. Ein paar Sekunden lang sah es so aus, als gäbe sie nach, als gefiele es ihr. Doch das dauerte nur ganz kurz, denn ohne Vorankündigung schnellte sie nach hinten. »Warte«, sagte sie. Costantino wollte aber nicht warten, sondern machte einen Schritt nach vorn und schlang die Arme um ihre Hüften, drückte sein Gesicht zwischen ihre Brüste. »Zieh dein Unterhemd aus«, flüsterte er. Dieses Mal war ihre Verweigerung entschiedener: »Bist du verrückt?«, meinte sie. Costantino sog die Luft ein und stieß dann kopfschüttelnd hervor: »Scheiße.« Und machte sich auf den Weg Richtung Tür. Jetzt, da die Atmosphäre im Eimer war, roch er den fauligen Gestank dieses verdammten Kellers. Er war schon beinahe bei der Tür angelangt, als sie ihn rief. Sie hatte ihr Unterhemd ausgezogen. Costantino schloss die Augen, dann schlug er sie wieder auf. Letizia Mele trug einen dünnen, straffen Büstenhalter, unter dem sich die Brustwarzen deutlich abzeichneten. »Los«, forderte sie ihn auf, »lass mal sehen.«– »Auch du«, stieß er hervor. So standen sie sich einige Sekunden gegenüber. Sie wollte ihren Vorsprung nicht aufgeben und bedeutete ihm mit dem Kopf, weiterzumachen. Er öffnete die Hose und ließ sie auf die Knöchel gleiten. Er stand in der Unterhose da. »Darf ich das Unterhemd anbehalten?«, fragte er, denn ihm war kalt. Sie nickte. Ihm war bewusst, dass er jetzt in der Verliererposition war und sich ihr arglos ausgeliefert hatte. »Jetzt die Unterhose«, sagte sie in einem seltsamen Ton, eher neugierig als erregt. Es dauerte eine Weile, doch schließlich streifte er seine Unterhose ab. Letizia näherte sich und fasste ihm an die Hoden. Ihr Busen berührte seinen Brustkorb. Costantino hielt den Atem an. Letizia ging nicht sehr zart vor, sie berührte sein Glied, ohne es anzuschauen. Dann ließ sie davon ab. »Nein«, sagte sie, »nein.« Sie wich zurück, nahm ihr Unterhemd und zog es über. Costantino blieb einen Augenblick wie erstart. Dann bückte er sich, um die Unterhose und die Hose aufzuheben. »Die anderen kommen bald«, sagte sie, beinahe als wollte sie ihn trösten. »Du Nutte«, dachte Costantino, »Nutte, Nutte, Nutte …«

25.
(die Regeln)

Erste Regel
Der Zusammenbruch des Systems

Wenn ein System uns nicht wahrnimmt, pfeifen wir darauf. Wir sind weder der Abschaum der Gesellschaft und noch viel weniger ihre dummen Sklaven. Wenn wir nicht in das System passen und es für uns keinen Platz darin gibt, wenn es uns ausgrenzt, weil es uns nichts zu geben und nichts zu sagen hat, dann müssen wir diesem System den Kampf ansagen. Und dazu bedienen wir uns seiner eigenen Mittel. Ein Netzwerk, das in das Meer von Informationen geworfen wird. Das Abschlachten der großen und dummen Fische, die sich in diesem Netz verfangen. Der Zusammenbruch des Systems, das Ende der Gewissheiten. Sein Haus auf den Kopf stellen, ohne einen Fuß hineinzusetzen. Den ständigen Fluss von Business und Kommunikation unterbrechen, der durch Telefonleitungen und optische Fasern fließt. »Tilt«.

Zweite Regel
Ordnung und Chaos

Chaos schaffen. Den einschlägig bekannten Leuten den Stuhl unterm Arsch wegziehen. Sie gegeneinander aufhetzen. Ihnen sämtliche Gewissheiten nehmen: über Fax, E-Mail, Internet und Äthernet. Chaos schaffen und zuschauen, wie es größer wird. Sie zwingen, nur noch dem zu trauen, was sie eigenhändig schreiben und abgeben. Die Datenbanken so mit Daten füttern, bis sie platzen. Nach einer möglichen Ordnung suchen, indem wir die explosive Macht einer simplen Computertastatur, die irgendwo steht, und der darüber streichenden Finger zeigen. Die Rückkehr zur Realität suchen, zum Ehrenwort, zum Handschlag, zur wahren Solidarität …

Dritte Regel
Reißen wir ihnen den Arsch auf

Reißen wir ihnen den Arsch auf: wegen ihrer Unternehmen, für die sich andere krumm gelegt haben; reißen wir ihnen den Arsch auf: wegen ihrer Häuser in der Stadt, wegen ihrer Häuser auf dem Land, wegen ihrer Häuser am Meer. Reißen wir ihnen den Arsch auf wegen ihrer Öko-Saubermann-Fressen. Reißen wir ihnen einfach den Arsch auf. Wegen ihrer Überzeugung, zur Herrenrasse zu gehören, wegen ihrer Vermögen, die aus dem Nichts entstanden sind. Reißen wir ihnen den Arsch auf, weil wir nichts Besseres zu tun haben. Auch wegen ihrer Kinder und Kindeskinder, denn sie werden behütet geboren und sterben behütet. Denn wir haben eine Mordswut im Bauch, die uns jeden Tag nach dem Weltuntergang schreien lässt.

Vierte Regel

Begnügen wir uns nicht mit Brosamen

Keine Brosamen, wir wollen alles und sofort. So wie sie es wollen. Alle satt oder alle tot.

Fünfte Regel

Wenn die Vergangenheit nichts zählt

Also wenn die Vergangenheit nicht zählen darf, dann soll sie das auch nicht. Eine Vergangenheit, die für sie maßgeschneidert ist, juckt uns nicht. Geschichten von guten Menschen und Hinterhöfen interessieren uns nicht. Wir lassen uns nicht in »Das tut man nicht«-, »Das darf man nicht«-Gefängnisse sperren ... Wenn die Willkür eine Geschichte und ein Alter hat, dann sind auch wir Kinder dieser Geschichte, uneheliche Kinder vielleicht ... Unerwünschte Kinder. Sollen wir gar die Opfer der Mördersau sein, die ihre schwachen Kinder frisst? Nein, das sind wir nicht, wir selbst sind nämlich die Sau ...

26.
(sie hatte es so gewollt)

Aus der Tiefe des Hauses ertönte der Schrei der Alten. Es war ein kehliges Gebrüll, ein Hilfeschrei, der Klagelaut eines Kaninchens: ein schwarzer Tag.

Sie wusste es.

Palmira trocknete sich das Kinn mit dem Handrücken ab. »Ich komme ja schon«, hauchte sie.

Das Schlafzimmer der Alten war über und über mit Erinnerungsstücken gefüllt. Sie hatte es so gewollt, als sie noch etwas zu sagen hatte. An den Wänden hingen einfältige Dreifarbendrucke von Christus am Brunnen, im Tempel, am Kreuz; ein Rosenkranz aus Terrakottaperlen; ein Porträt ihres Gatten des Schuhmachers, als er noch ganz jung war und Brillantine auf dem Schnauzer und in den Haaren hatte. Auch eine verblasste Ablichtung von Padre Pio hing da. Die Einrichtung des Zimmers bestand aus kleinen Tischen und Kommoden, zwei Schränken, vier Stühlen mit Strohsitzen, einer Kniebank, einem Dreifuß für die Waschschüssel und den Krug, Teppichen aus Mogoro und Dorgali; aus bemalten Tellern, Figürchen mit Kostümen aus Desulo, Büsten von Witwen aus Orgosolo …

Und dann das Bett, das herrschaftliche Bett: Man brauchte einen Fußschemel, um hineinzusteigen.

Die Alte hatte die Augen geschlossen. »Das hat ja eine Ewigkeit gedauert«, sagte sie, als sie Palmiras Gegenwart spürte.

»Ruft Ihr schon lange?«, erkundigte sie sich, jedoch ohne eine Spur von Besorgnis.

»O ja, schon lange … schon sehr lange …«

»Wollt Ihr aufstehen?«

Die Alte wies die Frage mit einer ärgerlichen Armbewegung zurück. Ihr Blick schweifte Richtung Norden über den kleineren Kleiderschrank hinweg. »Was hat diese Leiter dort verloren?«, fragte sie dann und deutete dabei in eine beliebige Ecke des Raums.

Palmira folgte ihrem Finger mit den Augen.

»Ich weiß, ich weiß, was du sagen willst, mein Sohn, meine gute Seele«, flüsterte die Alte. Ihr Ton war klar, ihre Stimme klang ein wenig gebrochen, aber die Worte kamen deutlich aus ihrem Mund. »Ich weiß, was du sagen willst … Ich bin keine gute Ehefrau gewesen, das willst du sagen, und nicht einmal eine gute Mutter, wenn es darum geht …«

»Beruhigt Euch jetzt«, unterbrach Palmira sie in merkwürdig sanftem Ton, während sie sich bemühte, das Kissen unter ihrem Kopf zurechtzurücken.

Die Alte wehrte sich dagegen, diese Fürsorglichkeit verstimmte sie. »Ettore?«, begann sie wieder. »Aber dir habe ich es nie an etwas fehlen lassen, nicht wahr? Du warst mein Augenstern … Ich war für dich da … Aber als dein Vater gestorben ist … Das willst du mir sagen … Ettore?«

»Ja, hier bin ich«, sagte Palmira leise.

»Ach, als dein Vater im Sterben lag, bin ich keine gute Frau für ihn gewesen, ich wollte nichts hören und nichts sehen … Blind und taub habe ich mich gestellt … Du hingegen … Bis zum letzten Moment hast du ihn versorgt, warst ständig um ihn herum und er wollte nur dich … Und wie viele Dinge habt ihr euch anvertraut … alles, was ihr euch niemals zuvor habt sagen können.« Aus den glasigen Augen der Alten tropften einige Tränen. »Ettore?«, fing sie wieder an. »Herz und Seele. Herz und Seele.«

Palmira stand auf. »Herz« und »Seele« kreisten im Raum und wiederholten sich bis ins Unendliche. Sie ging zur Schublade mit den Arzneien und holte ein Pillenfläschchen heraus. »Beruhigt Euch jetzt«, sagte sie auf dem Weg zurück zur Alten. »Ihr müsst diese Medizin nehmen!«, sagte sie auf Sardisch. Wenn sie mit der Alten Dialekt sprach, gehorchte sie ihr. Tatsächlich machte die Alte den lippenlosen Mund auf und streckte die Spitze ihrer winzigen Zunge heraus, die wie eine Walderdbeere aussah. Palmira legte die Pille darauf. »Schluckt«, gebot sie ihr leise.

Die Alte schluckte und schloss die Augen. Sie öffnete sie wieder, sah um sich und suchte mit dem Blick jeden Zentimeter des Zimmers ab. Dann fixierte sie Palmira. »Ist Ettore zurück?«, fragte sie.

Palmira faltete die Handflächen vor der Nase. »Du hässliche alte Schlampe …«, flüsterte sie plötzlich eiskalt. »Selbst Eure eigenen Söhne verwechselt Ihr. Dieses Arschloch von Ettore, der großartige Mann, der war ja nicht einmal zu Hause, als sein Vater starb, und der Ärmste wird wegen der vom Sohn vergossenen Tränen nicht mehr aus dem Fegefeuer herauskommen …« Die Lippen ganz nah am Ohr der Alten, betonte sie jedes einzelne Wort, so als hätten sie viel zu lange Zeit bereits in ihrem Mund gelegen.

Die Alte zuckte zusammen, doch ihr leerer Blick verriet, dass sie nichts verstanden hatte. »Wer war es dann?«, fragte sie.

Palmira machte einen Satz nach hinten, wie um einem Spritzer kochend heißen Öls auszuweichen. »Wer war wer?«, fragte sie zurück.

»Wer war es, der meinem Mann beigestanden hat?«

»Michele. Michele … Ettore war weg, auf dem Festland …«, antwortete Palmira, ohne zu begreifen, ob die Alte in diesem Augenblick bei klarem Verstand war oder nicht.

»Ha, Michele …«, meinte die Alte spöttisch. »Auf Michele kann man lange warten …«

27.
(der Tod wäscht alles rein)

Die Ärmste, sie brachte alles durcheinander, aber kein Wunder bei dieser Krankheit! Schlimme Sache, wenn man den anderen ausgeliefert ist, weil der eigene Kopf nicht mehr funktioniert. Sie brachte alles durcheinander. Doch das mochte einen Grund haben, denn Michele hatte immer schon für sich gelebt und sich bereits als junger Bursche allein durchschlagen müssen. Er hatte jung geheiratet, es war eine sehr bescheidene Hochzeitsfeier gewesen, ohne Gästeempfang und Bonbonniere. In erster Linie hatte er geheiratet, um von zu Hause wegzugehen, auch wenn er gar nicht viel Zeit dort verbracht hatte. Als dann der Vater erkrankte, hätte er es fast nicht erfahren. Um ehrlich zu sein, alle in ihrem Stadtviertel wussten Bescheid, doch wie heißt es so schön, nur der Gehörnte … usw. Doch dann hat es ihm jemand erzählt und eines Morgens ist er ins elterliche Haus gegangen und hat die Mutter beim Plätzchenbacken angetroffen: »Ach, jetzt erinnerst du dich, dass du einen Vater hast?«, empfängt sie ihn angriffslustig. Er erwidert, dass keiner ihm etwas gesagt hat und er es von Fremden hat erfahren müssen, dass es um seinen Vater schlimm steht. Sie hätten ihn ja auch per Telefon benachrichtigen können. Da stürzt sich die Mutter auf ihn und schreit: Was heißt hier schlimm stehen?! Der Vater sei noch lange nicht so weit! Er könne sich wieder nach Hause scheren, denn auf alle Fälle ist jemand da, der sich um ihn kümmert. Michele sieht sie böse an, richtig böse, und das Ganze wäre bestimmt in Beschimpfungen ausgeartet, wäre nicht in dem Moment Palmira zurückgekommen, die wegen eines neuen Morphiumrezepts zum Arzt gegangen war. So nimmt sie ihn beiseite und erzählt ihm so mancherlei. Sie sagt, des Vaters Stunden sind gezählt und es ist jetzt wohl an der Zeit, sich endlich auszusprechen, der Tod wäscht alles rein. »Ich sag das nur deinetwegen, ansonsten gehst du mit einem schlechten Gewissen weg. Er hat seine Söhne immer gern gehabt, aber du weißt ja, wie dein Vater ist, er schweigt um des lieben Friedens willen.«

Und Michele erinnert sich genau an die wenigen Male, da er mit dem Vater ein paar Worte gewechselt hat: »Überleg einmal«, sagte er, »überleg einmal, wie kommt es, dass du so geworden bist? Du weißt doch, wie deine Mutter ist«, sagte er mit einer Stimme wie im Beichtstuhl, was so viel bedeuten sollte wie: Lass mich in Frieden leben, ich bin ein einfacher Mensch, ich habe nichts anderes als dies hier. Du bist ein junger Bursche und kannst dein Leben noch ändern, aber ich – was soll ich schon tun?

Und in Erinnerung an das, was der Vater ihm nie wirklich gesagt hat, lässt Michele sich überzeugen. Während die Mutter in der Küche stur und verbittert die *papassini* aus dem Ofen holt und Zuckerglasur dafür zubereitet, begleitet Palmira ihn in das Zimmer, in das sie den Todkranken gebettet haben. Michele spürt, wie ihm die Knie weich werden, und noch bevor er das Zimmer betritt, beginnen seine Lippen zu zittern. Inmitten des

Korridors hält er inne, greift nach Palmiras Arm, die gerade die Tür öffnen will, und sagt: »Warte.« Die Schmerzen in seinem Innern sind so heftig, er glaubt, es müsse ihm die Gedärme verreißen. Eine unsichtbare Hand würgt ihn. Er ist selbst überrascht, so zu fühlen. Ja, ja, das Schuldgefühl, das schlechte Gewissen, das er mehr als einmal in die stinkigsten Verliese der Hölle verdammt hatte; der hilflose Vater, der nie im Traum daran gedacht hatte, seiner Frau wegen all dem, was sie ihm antat, den Kopf zurechtzurücken … Und jetzt lag der Vater tatsächlich im Sterben, die Mutter backte Plätzchen und alles war gut, so ist der Tod nun mal …

Ein Rammbock zerfetzte Michele Marongius Brust, während er da in diesem Gang stand, wo er als Kind gespielt hatte. Und Palmira war neben ihm und wartete nur auf ein Zeichen von ihm, um die Tür zu öffnen. Er spürte, wenn er dieses Zeichen nicht umgehend machte, würde er sich davonschleichen. So bewegte sich sein Kopf wie von allein, nur von seinem Denken gesteuert, und Palmira drückte die Türklinke herunter.

Der Geruch, der ihm entgegenschlug, war der Geruch eines sauberen Tods, eines Sterbenskranken, der versorgt und gewaschen wird, dessen Wäsche gewechselt wird. Dann traf ihn der Blick seines Vaters.

Michele bedeckte sich das Gesicht mit den Händen, die Handflächen waren gegen die schlecht rasierte Kinnlade gepresst und die Finger drückten auf die Augenlider. Dann flossen Tränen, alle Tränen der Welt weinte er. Als hätte er den Schlauch der Winde geöffnet.

Er weinte. Es war ein schamvolles Weinen voller Grimm, ein schreiendes, gurgelndes Weinen.

Der Vater schnappte nach Luft wie ein Karpfen auf dem Grund und versuchte zu lächeln. Michele aber konnte ihn nicht sehen, er hatte nicht den Mut, die Hände vom Gesicht zu nehmen. Da spürte er, wie der Vater ihn am Jackenzipfel zog, nachdem er sich ihm mit umgeheurer Anstrengung entgegengestreckt hatte. Michele machte nur einen schwachen Widerstandsversuch und ließ sich zum Bett ziehen. Beinahe wäre er auf den kraftlosen Körper gefallen, der ihn zu sich gerufen hatte. Er war gezwungen, die Arme einzusetzen, um ihm mit seinem Lebendgewicht nicht wehzutun. Doch die Schattengestalt des Alten, durch dessen Haut die Knochen durchschienen, hielt ihn mit ungeahnter Kraft fest und zog ihn an den Hüften zu sich heran. Palmira war diskret an der Tür stehen geblieben und schlug sich mit der Faust gegen das Kinn, um nicht zu schreien angesichts dieser herzzerreißenden Szene. Michele gab dem Klammern nach, aus dem inzwischen eine Umarmung geworden war, es war etwas, das alle Umarmungen, alle Streichelhände, alle Lächeln dieser Welt in sich bergen sollte ... Jetzt kamen aus dem Mund des Alten geflüsterte Worte: »Mein Sohn, ich habe dich verloren«, murmelte er, »ich habe dich verloren, für weniger als ein Linsengericht.«

Fünf Tage und vier Nächte weicht Michele Marongiu nicht vom Krankenlager des Vaters. Und der Alte will, dass keiner außer Michele ihm die Wäsche wechselt und den Morphiumverteiler einstellt; es existiert für ihn keine Ehefrau, keine Palmira, kein Raffaele mehr, nur noch dieser Sohn, den er wiedergefunden hat. Ein listiger Zug liegt jetzt in seinem Blick und er schaut den Sohn mit der Vertrautheit nie ausgesprochener Geheimnisse an. Die Augen aufreißend, führt er zwei Finger an den Mund, um den Sohn von Mann zu Mann um eine Zigarette zu bitten; Michele zündet ihm eine an und nimmt zwei, drei Züge, dann steckt er sie dem Vater zwischen die Lippen. So wird Micheles Hand zu einem aktiven Organ des gepeinigten Leibs des Vaters. Körper an Körper, Körper im Körper. Hin und wieder wechseln sie einige Worte. Der Vater fragt ihn: »Werde ich sterben?« Und Michele antwortet: »Ja«, und fügt hinzu: »Wie alle Leute, ich kenne niemanden, der nicht langsam dahinstirbt.« Und der Alte sagt: »Wenn ich im Sterben liege, will ich es wissen.« Und Michele findet sogar den Mut zu scherzen und sagt zu ihm: »Das könnte dir so passen! Wer würde nicht gern wissen, wann er stirbt?« Der Vater spielt den Beleidigten, aber das hält nicht lange vor. Denn er ist wieder zum Kind geworden, ja noch kindlicher als ein solches. Sie spielen und nehmen sich gegenseitig auf die Schippe wie zwei kleine Straßenjungen, die Tag für Tag draußen herumhängen. Sie lachen und scherzen miteinander. Michele weint heimlich, seine Augen glänzen und er sieht besser als sonst aus. Zum Schlafen kuschelt er sich in einen Sessel neben dem Krankenbett, aber er schläft nicht richtig, macht nur mal die Augen zu, denn ständig kontrolliert er den Verteiler, damit der Vater nicht zu sehr leiden muss, wie es heißt. Doch in Wahrheit will er den Vater nicht vor Schmerz jammern hören und will in seinem Gesicht nicht diese schreckliche Maske, diese grauenhafte Todesfratze sehen.

Er tut es für sich, einzig und allein für sich.

»Hast du Kinder?«, fragt der Alte ihn unvermittelt und sein Gesicht glättet sich, sobald neues Morphium in seinen Blutkreislauf tritt. Michele antwortet nein, wir haben einfach keine gekriegt. Der Alte sagt nichts darauf, aber dieses Schweigen ist schlimm und Michele begreift, wie demütigend eine Gewissheit sein kann.

Palmira hilft von Zeit zu Zeit, die Bettwäsche zu wechseln, doch dem Alten ist das nicht recht: Jetzt, da sein Sohn hier ist, überkommt ihn wieder Schamgefühl. Es gefällt ihm nicht, unter der Fuchtel einer Frau zu stehen – zuvor hatte er es akzeptiert, da er keine andere Wahl hatte, doch jetzt ist ja Michele da.

Das Schicksal hat Michele zu jener Intimität verpflichtet, die heikel und abstoßend zugleich ist. Michele trägt seinen Vater auf die Toilette und putzt ihn hinterher ab, dreht ihn vorsichtig um, wenn er ihm die Unterhosen wechselt und den Katheter richtet, kontrolliert die Nadel in der Vene, reibt ihm den Rücken mit einem alkoholgetränkten Tuch ab, trägt Pomade auf die wund gelegenen Stellen auf, rückt die Kissen unter seinen Schultern zurecht, hält seine Hände fest, wenn er unruhig wird und sich schüttelt ...

Nur für sich tut er all das, denn er will eine Schuld wieder gutmachen und sich gleichzeitig einen guten Ruf erwerben.

Am Morgen des fünften Tages trifft der Arzt ein und setzt sich zu dem Alten aufs Bett, spricht mit ihm, als sei nun der endgültige Abschied von dieser Erde gekommen. Dann sieht er zu Michele und schüttelt den Kopf. Palmira ist in der Küche und bereitet eine Tasse Kaffee für den Herrn Doktor zu. Die Mutter ist unterdessen nach Galtelli zu einer Cousine gefahren, denn sie kann einfach nicht mehr.

Während der Arzt Zucker in seinen Kaffee rührt, sagt er zu Palmira, dass es jetzt an der Zeit sei, nach dem Priester auszuschicken. Während der Arzt den ersten Schluck nimmt, geht der Atem des Alten im andern Zimmer in ein schwächliches Röcheln über. Sein Blick wird gläsern; Krämpfe in Form kurzer, trockener Hustenstöße setzen ein, als versuchte er, einen viel zu großen Bissen herunterzuschlucken; dann zerspringt der Atemfluss in winzige Fragmente, als saugte er Luft durch einen Trinkhalm ein. Michele wimmert völlig hilflos, am Fuß des Bettes stehend. Seine Hände schmerzen, so heftig hält er den Bettrand umklammert: »Los, los«, sagt er, »lass dich gehen … auf Wiedersehen«, sagt er.

Das Ende kommt mit einem Hustenstoß, begleitet von einer Grimasse des Überdrusses.

Nachdem Palmira den Arzt verabschiedet und nach dem Priester ausgeschickt hat, betritt sie das Zimmer. Es ist bereits vorbei: Alles Leben ist aus diesem Leib gewichen, auf dem Bett liegt jetzt nur noch ein leerer Sack, eine Flickenpuppe, vierzig Kilo altes Fleisch. Sie begreift es sofort und schlägt die Hand vor den Mund, als fürchte sie, die Seele des Toten zu verschlucken, die ziellos noch immer im Zimmer umherirrt und gegen die Wände stößt.

Schweigend verharren die beiden eine ganze Weile, keiner weiß, was er sagen soll.

»Hilf mir, ihn zu rasieren und einzukleiden«, sagt Michele schließlich.

Sie umarmt Michele von hinten, indem sie ihn an den Schultern packt, drückt ihr tränennasses Gesicht gegen seinen Nacken und bleibt einige Sekunden lang in dieser Position. Dann eilt sie ins Bad, um das Rasierzeug zu holen.

Doch diese Umarmung ist ihr in Fleisch und Blut übergegangen. Die Wärme seines zitternden Leibs, als er ihre Hände gedrückt hat, ohne sich umzudrehen, als wollte er eine Decke auf seinen Schultern zurechtrücken, all das ist an ihrem Busen und ihren Handgelenken hängen geblieben …

Und damit hat alles angefangen.

28.
(Schweineblut)

»Hast du etwas Zeit?«, platzte Osvaldo Pintus ziemlich ungehalten heraus.

Commissario Sanuti nahm mit Blick auf die Tür Platz.

Salvatore Corona sah beide an, bevor er antwortete. »Zeit, so viel du willst«, erwiderte er und versank im Sessel.

»Womit wollen wir anfangen?«, drängte Pintus. Sein Blick verriet eine Mischung aus Ironie und Verärgerung und versprach nichts Gutes.

»Versuchen wir es mal mit den Ergebnissen der Autopsie«, lenkte Corona ein.

»Der Marongiu ist nicht dort gestorben, wo er gefunden wurde, er trägt nicht seine eigenen Kleider, er ist nicht durch einen Gewehrschuss zu Tode gekommen …« Doktor Pintus machte eine viel zu lange Pause und die von ihm gewünschte Wirkung blieb aus.

»Wetten, dass der noch lebt?«, fragte Corona direkt an Sanuti gewandt. »Wenn wir noch einmal in Ruhe von vorne anfangen wollten …«, fügte er hinzu und bedeutete Pintus, sich hinzusetzen.

Doch der wollte nichts davon wissen. »Das ist der helle

Wahnsinn!«, rief er aus. »Das glaubt einem doch niemand … Mir ist sofort aufgefallen, dass die Sache hinten und vorne nicht stimmt, aber dass es so weit geht, das hätte ich nicht gedacht … Ich sag euch!« Wieder eine Pause.

»Dann sag's uns doch auch …«, unterbrach Corona ihn in säuerlichem Ton.

»Die haben ihm fremde Kleider angezogen … das steht einwandfrei fest: eine von Schüssen durchlöcherte Anzugsjacke voller Blutflecken und eine Hose, die ebenfalls mit Blut getränkt ist.«

»Und wessen Blut soll das sein?«, fragte Commissario Sanuti vorsichtig dazwischen.

»Wenn man das wüsste …«, erwiderte Pintus und drehte sich zu ihm hin. »Es handelt sich um ganz gewöhnliches Blut der Blutgruppe null … Und dann der Rest.«

»Der Rest …«, echote Corona und zu Sanuti gewandt: »Sehen Sie, wie er spricht? Sehen Sie, wie er sich benimmt? Mir kommt es vor, als hätte ich's mit einem Irren zu tun.«

Sanuti antwortete mit einem leichten Kräuseln der Lippen.

Pintus' Tonfall wurde finsterer. »Der Rest …«, begann er von neuem, als hätte es keine Unterbrechung gegeben. »Ich habe mich abgemüht, der Teufel soll ihn holen …« Und dann machte er eine weitere Pause.

»Wen?«, platzte Corona nach ein paar Sekunden heraus. »Ich drehe gleich durch …«, flüsterte er zur Decke gewandt.

Pintus hing seinen eigenen Gedanken nach. »Ich habe mich abgemüht zu begreifen … All dieses Blut … Schweineblut«, brachte er nur heraus, als wäre das bereits die Erklärung.

Sanuti hüstelte.

Corona schloss die Augen.

Schweigen, vom Widerhall der Stimmen schwer, erfüllte kurzfristig den Raum.

Pintus hatte die ganze Zeit über gestanden und setzte sich jetzt endlich hin. »Ich habe alles aufgeschrieben«, erläuterte er.

»Schweineblut, aber wo denn?«, fragte Sanuti forsch, da er sich als Einziger irgendwie berechtigt fühlte, mit diesem »Ich sag es, ich sag es nicht«-Geplänkel Schluss zu machen.

Pintus sah Corona an, als wollte er sagen: »Wo, verdammt noch mal, habt ihr den da aufgetrieben?«

Corona sah wiederum Pintus an, als wollte er sagen: »Dir gebührt die Ehre …«

Pintus drehte sich mitsamt dem Stuhl zu Sanuti um und sah ihm in die Augen. »Auf dem Opfer: Marongiu … wie heißt er noch mal mit Vornamen …«, er betonte jede Silbe, als spräche er zu einem Taubstummen oder einem Ausländer. »Über Marongiu wurde eimerweise Schweineblut ausgeleert. Irre, nicht wahr?«

29.

(… wie auch immer …)

… mit der Sache verhielt es sich so: Michele Marongiu war nicht durch einen Gewehrschuss umgekommen. Ganz und gar nicht. Nackt lag er auf der milchig weißen Marmorplatte in den Praxisräumen des Gerichtsarztes und sein Fleisch hatte die typische Farbe von Elfenbein, wie schmutzige Zähne sie haben. Sein kräftiger Leib war besser proportioniert, als es in bekleidetem Zustand der Fall zu sein schien. Trotz der glatten Haut war er sehnig. Im Neonlicht sah er aus wie aus Bienenwachs geformt. Der Mund war halb geöffnet, das linke Auge fast zugedrückt, quer über dem Hals, von einem Ohr zum andern, klaffte eine tiefe Wunde und die Kinnlade hing schlaff herunter. Der Brustkorb war eine kompakte Oberfläche, fast wie bei einem Jugendlichen geformt. Das Zwerchfell, ein Muskelstrang, der sich offensichtlich in dem Augenblick zusammengekrampft hatte, als der Mann Luft aus der Lunge stieß; die kleine Bauchwölbung war von einem dünnen Flaum wie beschmutzt, wenig mehr als eine schmale Mittellinie, die sich um den Bauchnabel herum und weiter zum dunklen Haarbüschel des Schamhügels hin verdichtete. Die kräftigen Beine waren dunkler als der übrige

Leib und leicht gekrümmt, was an einen plumpen Gang denken ließ.

Pintus hatte den Leichnam gründlich waschen lassen und ihn sich dann gut angesehen. Er war fassungslos: Von Gewehreinschüssen gab es nicht die geringste Spur.

Michele Marongius Leiche lag nackt und bloß auf der Marmorplatte und hatte dennoch etwas Abweisendes an sich. Als wollte er das Geheimnis seines Todes mit ins Grab nehmen. Als hätte er beschlossen, nicht zu kollaborieren.

Osvaldo Pintus drehte ihn auf den Bauch. Der Anblick des glatten Rückens, der wie eine Teigmasse im Gärprozess wirkte, machte jeden Zweifel zunichte: Es gab einfach keine Schusslöcher, dafür aber eine Lockerung des Halswirbels in Form eines Höckers genau unterhalb des Nackens. »Gebrochener Halswirbel«, meinte der Amtsarzt zu sich selbst. »Von wegen erschossen … Der da wurde erhängt! Zumindest sieht es so aus …«

30.
(wie es aussieht)

Corona drehte sich einmal um die eigene Achse. »Ach …«, sagte er nur.

»Eben …«, legte Pintus nach.

Sanuti setzte sich und fragte: »Was ist hier eigentlich los?«

Corona sah ihn an wie einen, dem man eigentlich keine schlechte Nachricht übermitteln möchte. »Wir stecken in der Scheiße, das ist hier los«, sagte er. »Ich ertrage solche Sachen nicht«, fügte er hinzu, »ein Mord ohne Hand und Fuß – das ist hier los.«

»Nun, ein paar Gewissheiten haben wir«, entgegnete Sanuti mit Nachdruck. »In erster Linie wollte der Mörder uns mit dem Ort, an dem wir die Leiche gefunden haben, etwas ganz Bestimmtes signalisieren.«

»Der wollte uns ganz und gar nichts signalisieren«, winkte Pintus ab. »Der liebe Gott im Himmel allein weiß, für wen diese Farce bestimmt ist.«

»Da sind jedoch die Kleider«, widersprach Sanuti, »die nicht unserem Toten gehörten, sondern einem, der schon vor ihm das Zeitliche gesegnet hatte.«

»Ja, der Besitzer dieser Klamotten war tot, das steht fest«, bekräftigte Pintus, »und zwar schon seit geraumer Zeit, geht man von den organischen Spuren aus.«

»Ja, also?«, drängte Corona.

»Also muss man jemanden finden, der mit dem Gewehr erschossen wurde.« Endlich schien Sanutis Stimme sich wieder aufgehellt zu haben.

»Jemanden, der mit dem Gewehr erschossen wurde«, wiederholte Pintus laut lachend. »Jemanden, der, sagen wir mal, innerhalb der letzten sechzig Jahre mit dem Gewehr erschossen wurde? Das können locker einige Tausend Individuen sein …«

Corona beobachtete aufmerksam eine Mücke, die versuchte, sich auf dem Lichtstrahl niederzulassen, der durch das angelehnte Fenster fiel, dann war er wieder ganz Ohr: »Machen wir es so«, meinte er, »wer weiß, ob ein Toter uns nicht zu einem zweiten führt.«

Sanuti tat so, als habe er die Ironie in den Worten des Gerichtsarztes überhört, und sagte, es gäbe längst keine Zweifel mehr, dass es sich um eine richtiggehende Inszenierung handelte und nichts dem Zufall überlassen war und dass vor allem derjenige, der dem Toten diese Kleider verpasst hatte, ein ganz klares Zeichen setzen wollte.

Alle drei stimmten zu: Das war ja schon etwas … Doch keiner rührte sich.

Dann fischte Sanuti sein Notizheft und einen Kugelschreiber aus der Innentasche seines Jacketts und kritzelte ein paar Worte hinein: *Kleider, Leiche, wer?*, schrieb er in seiner Apothekerschrift an den Fuß einer Seite voller Notizen.

Pintus drehte den Kopf zu dem Geschriebenen hin.

Corona massierte sich die Schläfen. »Wie sollen wir vorgehen?«, fragte er, in seiner Stimme lag eine Spur von Müdigkeit.

Sanuti sollte sich in jedem Fall um die unbekannte Leiche kümmern, der die Kleidungsstücke mit den Schusslöchern gehörten. Vielleicht schaute er auch auf dem Friedhof vorbei. Gewöhnlich wissen nämlich die Friedhofswächter alles über ihre Schäfchen, obendrein sind Mordopfer ganz besondere Friedhofsinsassen.

Pintus sollte in Sachen Schweineblut ermitteln und das ärztliche Gutachten von Ettore Marongiu auftreiben, der ebenfalls durch den Strang gestorben ist …

Corona …

… Ein sachtes Klopfen an der Tür schreckte sie hoch. Corona sprang vom Sessel auf: »Herein.«

Die Sekretärin steckte wie immer erst den Oberkörper zur Tür herein, bevor sie sich in voller Größe zeigte. »Ich möchte nicht stören …«, säuselte sie an den Staatsanwalt gewandt, »aber Doktor Pierallis verlangt nach Ihnen.«

»Stell ihn mir durch«, wies Corona sie etwas zu barsch an.

»Er will Sie in seinem Büro sehen«, klärte die Sekretärin ihn auf. »Es scheint dringend zu sein.«

31.
(der grausamste aller Monate)

Es gibt Nächte, die wie Nachmittage scheinen, und Nachmittage, die wie Nächte scheinen. Es gibt einen Wechsel im grausamsten aller Monate, der alles Gewohnte an den Pranger stellt, der die Mittagszeit mit nächtlichem Eis erfüllt und die Abendstunden mit nachmittäglicher Wärme. Auch die Sterne und der Mond tragen das Ihrige dazu bei, um die Täuschung vollkommen zu machen: Sie strahlen Millionen von Kilowatt aus und reißen den Mitternachtshimmel auf, um die spitzkantigen Schatten der Mittagszeit auf die Erde zu werfen, nachdem Wolken dicht wie Spinnweben die Siesta in ein gleichmäßiges Dunkel, in eine durchdringende Kälte gehüllt haben.

Im grausamsten aller Monate muss man die Nachtstunden abwarten, bis der Nordwind mit gezielten Hieben das Tagesdunkel vertreibt und in eisig blassem Sternenlicht dem Tag das Feld räumt. Bis die Zacken der Felsen sich aufbäumen wie Leguanrücken und die Mondkrater die Fußspuren des Ungeheuers sind.

Nacht war es also und das Zifferblatt der Uhr zeigte noch nicht einmal drei Uhr nachmittags an. Es wurde auch kalt, wer konnte dieses Wetter noch begreifen.

Nicola Pili fluchte im Stillen. Dann entschuldigte er sich dafür, immer noch schweigsam, mit den Augen zum Himmel gewandt.

Auf der Baustelle wurde nicht gearbeitet, alles stand still wegen der laufenden Ermittlungen.

Der Ort sah aus wie eine archäologische Grabungsstätte. Der Boden war geometrisch präzise aufgerissen und wartete jetzt darauf, den flüssigen Zement zu trinken. Am Rand des ausgehobenen Feldes hatten die Zimmermänner mit dem Bau der Stahlbewehrung für die Betonierung der Pfeiler und des Fundaments begonnen.

Mit einem Sprung vom untersten Punkt aus war Pili in der Mitte des Feldes gelandet. Der Granitgrund war rötlich, eisenhaltig und sah aus wie kristallener Rost. Unter den Füßen fühlte er sich warm an, doch nur weil der Erdwall, den die Schaufelbagger durchfurcht hatten, ihn gegen Wind und Kälte abschirmte.

Mit drei Schritten war er an der Stelle, wo man die Leiche gefunden hatte. Die Blutlache war in der gestampften Erde versickert, zurückgeblieben war nur eine Farbschattierung, die aussah wie eine Portion dunkleren Lehms, wie eine eisenhaltige Gesteinsvene.

Und nicht die geringste Spur, verdammt noch mal, kein Anzeichen von Gewehrkugeln, nicht einmal eine Schramme. Das Unmögliche schien hier Wirklichkeit geworden zu sein und es gab also zwei Möglichkeiten: Entweder waren die Gewehrkugeln, die sich in den Leichen in nichts auflösten, ein pures Hirngespinst oder – und das stand mittlerweile fest – Michele Marongiu war nicht dort ermordet worden.

Es war nicht dort geschehen.

Es gab keine einzige Spur.

Mit Sicherheit stand jetzt nur eines fest: Michele Marongiu war anderswo kaltgemacht worden, doch was war mit den Spuren? Diese einfache Ortsbegehung brachte nur ein unanzweifelbares Element, eine grundlegende Wahrheit ans Tageslicht, die jedoch sinnlos war: Wie kann man eine Leiche irgendwohin schaffen, ohne Spuren zu hinterlassen?

Nicola Pili hob die Augen zum Himmel, die Luft roch irgendwie knusprig, wie nach gerösteter Brotkruste. Der Maresciallo dachte an viele Dinge, während die hereinbrechende Nacht ihn umfing: Er dachte daran, dass er sich hereinlegen ließ, daran, dass er einen Schlussstrich hatte ziehen wollen, dass er eigentlich bereits im Ruhestand war ... Und es war ein wenig so, als sähe er sich selbst im guten Anzug, vielleicht sogar in Uniform, umgeben von Kerzen und Blumen auf dem Totenbett liegen.

Als er sich auf den Nachhauseweg machen wollte, zog ein Lichtlein in der Finsternis seine Aufmerksamkeit auf sich.

Es war die Flamme eines Feuerzeugs und dahinter ein waches Augenpaar, das ihn beobachtete.

Der Alte mochte achtzig Jahre alt sein, er war mager und hatte ein gepflegtes Äußeres: frisch rasiert, sauberes Hemd, die Jacke bis zum letzten Knopf zugeknöpft, die Schildmütze über die Stirn gezogen.

»*Buona sera*«, wünschte Nicola Pili und ging auf ihn zu.

Der Alte erwiderte seinen Gruß mit einer Kopfbewegung.

Pili näherte sich ihm, um ihm in die Augen schauen zu können. Von dieser Position aus hatte man den ausgehöhlten Hügel in voller Größe im Blick.

Stumm standen sie einige Minuten da und sahen sich an. Dann hüstelte der Alte leicht.

Der Himmel entlud sich in azurblauen Lichtbündeln. Mit jedem Lichteinfall wurden die Umrisse des Alten schärfer, bevor das Dunkel ihn wieder verschluckte.

»Ich bin oft zum Pilzesammeln in diese Gegend gekommen«, begann der Alte unvermittelt, als würde er auf eine Frage antworten, die keiner gestellt hatte.

Pili lächelte: »Und dann habt Ihr Euch hier niedergelassen.« Das Ganze war weniger ein Gespräch als vielmehr eine Art, sich zum anderen vorzutasten.

»Meine Tochter hat sich hier niedergelassen, ich wohne einfach hier, das ist alles«, erklärte der Alte.

Das Ich-wohne-einfach-hier klang wie eine Bedeutungsnuance oder wie eine Tautologie, aber Pili begriff dessen Sinn: Dahinter verbarg sich dasselbe Gefühl von Verlorensein, das von Zeit zu Zeit auch ihn überkam.

»Schlimmer Wind letzte Nacht, nicht wahr …«, machte Pili einen weiteren Anlauf.

»Der Wind und alles andere«, schnaubte der Alte.

»Alles andere?«, fragte Pili nach.

»Ja, ja, zu viel Lärm, die haben mindestens bis ein Uhr nachts gearbeitet.«

»Gearbeitet?«, wollte Pili weiter wissen.

Der Alte sah ihn etwas nachsichtig an: »Mit dem Schaufelbagger«, klärte er ihn auf. »Die müssen im Verzug sein mit der Arbeit«, fügte er noch hinzu.

»Und wo wart Ihr?«, fragte der Maresciallo und kam näher, um sich in eine bequemere Position zu bringen.

»Zu Hause«, gab der Alte Auskunft, zeigte sich jedoch etwas

unleidlich: Die Unterredung nahm langsam seltsame Formen an!

Pili hatte genügend Erfahrung, um zu wissen, dass es jetzt besser war, nicht weiterzubohren. »Dann also *adiosu*«, verabschiedete er sich.

Der Alte erwiderte seinen Gruß mit einer Kopfbewegung.

Pili war erst wenige Schritte in der Dunkelheit gegangen, als der Alte ihn zurückrief.

»Das Schlechteste, Maresciallo, nur das Schlechteste gefällt uns. Die Erde hier auf diese Weise zu misshandeln ist ein Jammer, ein wahrer Jammer.«

»Ja, wirklich eine Sünde«, pflichtete Pili ihm bei. »Aber die Menschheit braucht nun mal den Fortschritt.«

»Mir kommt es so vor, als ginge es vor lauter Fortschritt eigentlich rückwärts. Das darf einfach nicht sein. Ich habe hier früher Pilze gesammelt, Maresciallo«, unterstrich der Alte noch einmal.

»Kennen wir uns eigentlich?«, fragte Pili schließlich.

»Ihr kennt mich nicht, aber ich kenne Euch. Und ich weiß, weshalb Ihr hier seid.«

Nicola Pili musste leise lachen. »Und weshalb bin ich hier?«, fragte er in herausforderndem, doch gutmütigem Ton.

Der Alte hielt es nicht für nötig, ihm das zu erklären. Von seinem Standpunkt aus war und blieb ein Maresciallo der Carabinieri immer eine Autorität. »Auch dies ist ein Ort geworden, an dem zu viele Leute kommandieren und zu wenige Leute gehorchen wollen«, erklärte er.

»Dann muss mir etwas entgangen sein.« Die Stimme des Maresciallos hatte einen nachdenklichen Ton bekommen.

»Ihr seid einfach zu jung«, versicherte der Alte ihm.

Dieses Mal konnte der Maresciallo ein Lachen nicht unterdrücken. »Ich sollte öfters herkommen, um mit Euch zu reden.«

Der Alte saugte an seiner Zigarre und bewegte den Kopf. »In der Nacht, die Euch interessiert«, sagte er mit einem Mal und achtete auf die richtigen Pausen, »in der Nacht haben sie bis spät mit den Schaufelbaggern gearbeitet.«

Pili musste seine Augen anstrengen, um in der Dunkelheit die des Alten zu erreichen. »Wie spät?«, fragte er.

Das Schweigen lastete schwer auf dem Alten. »Spät, spät … Ich habe es Euch bereits gesagt: Mitternacht oder ein Uhr … Vielleicht war es sogar halb zwei …«, erklärte er ruhig und wartete auf die Wirkung seiner Worte.

Pili ging so nah an ihn heran, bis er den Atemhauch erreichte, der aus seinen geschlossenen Lippen drang. »Mit den Schaufelbaggern …«, wiederholte er, als müsse er sich versichern, richtig gehört zu haben.

»Wie viele, weiß ich nicht, mindestens einer …«, fügte der Alte hinzu.

Ringsum herrschte jetzt eine außerordentliche Stille. Der Wind hatte sich gelegt. Der Hügel war eingehüllt in das durchbrochene Licht der Pinienwipfel, die in der dunklen Himmelstiefe verschwanden, und verschickte silbrige Lichtpfeile. Die schweigsame Erde hatte strenge Trauerkleidung angelegt. Die Stadt im Tal lag da, in zitterndem, ruhelosem Glanz funkelnd.

Pili holte Luft, um eine Erderhöhung zu nehmen, und sah dann die Schaufelbagger in Ruhestellung. Drei orangefarbene Monster mit aufgerissenen Rachen standen etwas stumpfsinnig und voller Schlammspritzer da. Die Raupenketten wirkten wie riesige Kartonrollen und die Fahrerhäuschen glichen Insektenköpfen im Entomologischen Institut. Die Arme waren zu Boden gesenkt, wo sie enorme, scharfe Gebisse niedergelegt hatten.

Pili schritt bedächtig auf die Geräte zu, beinahe als hätte er Angst, sie aus dem Schlaf zu reißen. Er sperrte die Augen weit auf, um in dem schwachen Licht etwas zu erkennen, und las: BAUGESELLSCHAFT MAURO MELE & CO.

Er ging wieder zum Alten zurück, der mit einem knappen Lächeln fragte: »Immer noch hier?«

Pili musste lachen: »Mauro Mele? Ist das der, den ich meine?«, fragte er seinerseits.

Der Alte zögerte einige Sekunden und nickte kurz.

32.
(etwas Schwerwiegendes)

Pierallis schwebte auf seinen Schreibtisch zu. Er war derart mager, dass er gut auch ein wandelnder Anzug hätte sein können. Sein Schildkrötenhals ragte verloren aus dem weiten Hemdkragen.

»Eine unerhörte Geschichte«, sagte er. »Ein ernstes Problem, Salvatore.«

Corona hatte ihm zugehört, ohne sich beeindrucken zu lassen. »Wenden wir uns an die zuständigen Einrichtungen, es gibt schließlich Spezialeinheiten, was verstehe ich denn schon von Computern? Und außerdem habe ich jetzt keine Zeit, mich darum zu kümmern.«

»Die Sache ist nicht so einfach, wie ich mir habe erklären lassen: Diese Ganoven dringen in Datenbanken ein, verändern Daten, kontrollieren die Bewegungen. Sie haben Geld von einem Girokonto auf ein anderes geschleust … Keine großen Summen bisher, aber wir können nicht tatenlos zuschauen.«

»Und was kann ich tun?«, fragte Corona.

»Um ehrlich zu sein, ich weiß es nicht, ich hoffte auf einen Vorschlag von dir. Man kann keinen Schritt mehr machen, ohne jemandem auf die Zehen zu treten … Die herbeigezogenen Fachleute, alles äußerst zuverlässige Personen, behaupten, dass im Moment überhaupt nichts mehr sicher ist ... Die Typen sind im Begriff, den Bebauungsplan zu verändern, viele der laufenden Arbeiten sind in Gefahr, ›virtuell‹ in die Illegalität gedrängt zu werden. Und außerdem ...«

»Und außerdem?«

»Und außerdem ... ist das hier angekommen ... Mit der Post heute Morgen.« Pierallis zeigte eine PC-Diskette vor. »Keine Fingerabdrücke«, fügte er hinzu und nahm damit Corona die Frage aus dem Mund.

»Was ist das für Zeug?«, fragte der.

»Ich habe mir die Dateien ausdrucken lassen«, und mit diesen Worten begann er zwischen den Papieren auf seinem Schreibtisch herumzustöbern und reichte Corona dann den Ausdruck.

Nuoro. Die Weide- und Ackerbauwirtschaft in der Gegend von Nuoro steckt in einer schweren Krise. Die afrikanische Schweinepest ist wie ein schrecklicher Fluch über zwei Zuchthöfe auf Gemeindeterritorium hergefallen. Nach einer Ortsbegehung der Fachleute aus der Veterinärabteilung im Örtlichen Gesundheitsamt 6 blieb nichts anderes mehr zu tun, als sämtliche Schweine auf den Weiden notzuschlachten – insgesamt über 6000 Tiere. Der mit überwältigender Mehrheit neu gewählte Bürgermeister Marco Zanca sah sich gezwungen, eine Verfügung auf Sicherungsbeschlagnahmung zu erlassen, und um dem tierärztlichen Dienst die notwendige Unterstützung gewährleisten zu können, mussten die Kadaver der 6000 geschlachteten Tiere vernichtet und verscharrt werden. Der Bürgermeister, der erst vor wenigen Tagen sein Amt angetreten hat, zeigt sich besorgt: »Es handelt sich ohne Zweifel um einen schweren Schaden für die hiesige Ökonomie, die bereits mit einer kritischen Konjunkturlage zu kämpfen hat. Hier in der Gegend von Nuoro sind über 70 Schweinezüchter tätig und einige von ihnen verkauften zwischen 40 und 50 Ferkel pro Woche. Jetzt ist die Verzweiflung groß: Ich habe diesen Leuten einen Besuch abgestattet und festgestellt, dass sich die Schäden laut erster Schätzung auf über drei Milliarden Lire belaufen.« Der Landwirt Nicola Piras, den es besonders schlimm getroffen hat, ist fassungslos: »Die Schweinezucht war die wirtschaftliche Grundlage meines Betriebs. Nach diesem schweren Schlag weiß ich wirklich nicht mehr, was tun. Ich hoffe nur, dass die Regionalverwaltung unsere Lage richtig einschätzt und die Fristen für die Erstattung der Ausgleichszahlungen verkürzt.«

Auch Francesco Lilliu ist verzweifelt: »Für meinen Betrieb und für ganz Nuoro ist das ein schwerer Schlag, der auch Auswirkungen auf die nationale Ökonomie haben wird. Unter anderem können wir mindestens sechs Monate lang keine neuen Schweine züchten. Man muss jedoch sagen, wir werden nicht allein gelassen: Vom ersten Moment an stand die Kommunalverwaltung auf unserer Seite und die Hilfsleistungen aus den Kassen der Regionalverwaltung werden hoffentlich nicht auf sich warten lassen.« In dieser Hinsicht hat auch der Bürgermeister Zanca keine Zeit verloren: Er hat ein Eiltelegramm an die Gesundheits- und Landwirtschaftsreferenten der Regionalverwaltung geschickt, in dem er ein unverzügliches Eingreifen fordert, damit die Fristen für die Entschädigungszahlungen an die betroffenen Landbesitzer und an die Kommunalverwaltung für die entstandenen Mehrkosten weitmöglichst verringert werden. Und der Regionalreferent versichert: »Wir wurden über die äußerst schwer wiegende Lage unterrichtet, in der sich Nuoro befindet, eine Notsituation, die die gesamte Gegend in eine Krisenzeit versetzen wird. Doch es besteht kein Zweifel, dass die Regionalverwaltung und insbesondere mein Referat mit der größtmöglichen Geschwindigkeit handeln werden, um den Viehzüchtern Entschädigung zu zahlen: Der Schaden ist wirklich beträchtlich, ein harter Schlag für diese arbeitsame Stadt.«

Der Bürgermeister Zanca ist unterdes auch wegen der weiteren Entwicklungen und der negativen wirtschaftlichen Auswirkungen besorgt, die die Infektionsherde der Schweinepest auf das gesamte Territorium haben werden: »Für mindestens sechs Monate ist die Aufzucht von Schweinen verboten. Und jeder begreift, was das bedeutet, da bedarf es keiner Kommentare mehr. Nicht zu reden von dem Schaden, den unser örtlicher Schlachthof davon nimmt. Er wird gezwungen sein, mit verringertem Personal zu arbeiten.« Ein Schlag, auf den man gerne verzichtet hätte …

»Ja, vor einigen Tagen habe ich davon in der Zeitung gelesen, ein schöner Reinfall … Und nun?«

»Nun, fahr fort …«, drängte Pierallis.

Und Corona las weiter vor:

Therapie der Schweinepest. Es gibt keine wirksamen Heilmittel gegen die klassische Schweinepest. Die Gesetzgebung in Sachen Seuchenbekämpfung verbietet die Behandlung der infizierten Tiere. Sie schreibt zwingend deren Vernichtung vor, um so die Infektionskette zu unterbrechen. Ohne einen derart radikalen Eingriff könnte sich die höchst ansteckende Krankheit rasch auf andere Schweinezuchtbetriebe ausbreiten.

»Ich verstehe noch immer nicht«, bekundete er und hob den Kopf. »Das ist doch alles allgemein bekannt.«

Pierallis zeigte einen Anflug von Verärgerung. »Das glaubst du«, brummte er. »Lies weiter.«

Und Corona liest weiter, die letzten beiden Seiten sind der Ausdruck eines ziemlich komplexen Kontoauszugs, wie es scheint.

Die Augen des Staatsanwalts springen einige Sekunden zwischen den Zahlenkolonnen hin und her, dann gibt er auf. Er sieht Pierallis an, der noch einige Sekunden abwartet. »Was soll das sein?«, fragt Corona schließlich.

»Etwas, was ganz und gar nicht allgemein bekannt ist«, klärt Pierallis ihn auf und fügt hinzu: »Es ist eine Aufstellung, um genauer zu sein, ein Teil davon«, und erklärt weiter: »Um noch präziser zu sein, handelt es sich um zwei einander gegenübergestellte Übersichten. Zwischen der einen und der anderen ist etwas geschehen.«

Corona zögert mit der Antwort: Im Großen und Ganzen hat er alles verstanden, was er gehört hat ... Pierallis sieht ihn an und meint mit zusammengepressten Lippen: »Wenn du aufhörst, dich dumm zu stellen, können wir vielleicht darüber reden.«

Corona macht ein verdutztes Gesicht: »Reden wir darüber«, meint er nur.

Pierallis setzt sich hin. »Das hier sind private Rechnungsbücher, wer diesen Ausdruck gemacht hat, ist ins Heiligste einer Firma eingedrungen, um uns was zu sagen?«, fragt Pierallis etwas oberlehrerhaft.

Corona zuckt mit den Schultern. »Um uns zu sagen, dass ein Betrieb, der kurz vor dem Untergang stand, im Laufe von einem Jahr wieder im Ausgleich war und in den drei Folgemonaten Gewinn gemacht hat.«

Pierallis scheint jetzt zufrieden: »Genauso ist es«, bestätigt er.

»Ja«, meint Corona, der es jetzt eilig hat, »aber was kümmert uns das?«

Pierallis verengt die Lider zu einem Schlitz und sagt: »Damit habe ich gerechnet. Und wie uns das kümmert! Und dich auch, mein Lieber! Schau dir mal an, was auf der zweiten Seite der Übersicht steht. In der mittleren Spalte.«

Corona sieht noch einmal hin: »Die haben die Bilanz ausgeglichen, ohne auch nur ein Stück Vieh verkauft zu haben.«

»Und …?«, drängt Pierallis ihn.

»Und – sie haben umfassende Finanzierungen von Seiten der Regionalverwaltung, der Gemeinde, der Europäischen Union bekommen.«

»Du bist mir der Liebste von allen«, verkündet Pierallis überschwänglich, »habe ich dir das schon einmal gesagt?«

»Jedes Mal, wenn du mich bescheißen willst«, wiegelt Corona entschieden ab. »Gib dieses Zeug lieber jemand anderem«, fügt er hinzu, »ich habe eh schon genug am Hals.«

»Das stimmt doch gar nicht«, entgegnet Pierallis etwas angesäuert.

»Mauro Lilliu ist nicht gerade ein Heiliger … Wenn er mitkriegt, dass jemand in seiner Buchhaltung herumspioniert …«

»Und ob er das mitkriegt!«, bekräftigt Pierallis, »denn ich hetze ihm die Finanzpolizei auf den Hals … In dieser Geschichte mit den Europa-Fonds will ich klar sehen.«

Corona sieht ihn an wie einen, der eine Verrücktheit begehen will. »Du denkst doch hoffentlich nicht an eine offizielle Ermittlung …«

»Offiziell, ist etwas übertrieben … Ich dachte an eine Kontrolle, eine diskrete Sache …«

»Das kannst du dir aus dem Kopf schlagen, lass die Kontrolle jemand anderen machen.« Der witzelnde Ton von zuvor war verflogen. »Ich stecke mittendrin im Fall Marongiu …«

Der Oberstaatsanwalt kniff die Augen zusammen: »Die Ermittlungen in dem Fall kann Badesi oder Porcu übernehmen, ich will dich für diese Geschichte an meiner Seite …«

»Tu es nicht«, sagte Corona leise. »Das ist keine normale Ermittlung, das ist Selbstmord: Da stecken die Comunità Montana, die Schweinezüchter dahinter …«, warnte er. »Tu es nicht«, wiederholte er, andere Worte fielen ihm nicht ein.

Pierallis presste ein Lächeln hervor, um die Hartnäckigkeit des Staatsanwalts zu testen. Er begriff, dass es ein schwieriges Unterfangen war. »Zwing mich nicht«, meinte er immer noch lächelnd.

Doch Salvatore Corona war bereits auf dem Weg Richtung Tür. »Und zwing du mich nicht, dass ich alle Urlaubstage, ich betone, alle, nehme, die mir noch zustehen«, giftete er und verschwand im Korridor.

33.
(er vergeht)

Unterdes vergeht auch dieser Tag. Die Luft ist schwer und zäh geworden.

»Die werden's bekommen haben«, sagt Costantino.

Raffaele nickt, doch man merkt, dass er mit den Gedanken weit weg ist.

»Wenn die uns schnappen, ist alles am Arsch«, sagt er, nur um das Schweigen zu brechen.

»Sie werden uns schon nicht kriegen.« Aus Costantinos Stimme klingt eine unerwartete Entschlossenheit heraus.

»Denk dran, die stecken in der Scheiße«, sagt Raffaele, »die Sache mit meinem Bruder ist sehr schlimm, meiner Mutter haben wir noch nicht mal gesagt, dass er tot ist.«

Costantino nickt.

»Ich bin besorgt wegen Letizia Mele, dass sie es erfährt«, gibt Raffaele zu bedenken.

»Sie wird es nicht erfahren.«

Raffaele Marongiu studiert eingehend Costantinos Hände. »Willst du mich jetzt verarschen?«, platzt er heraus.

Costantino muss lachen.

»Die Regel lautet, dass wir in der Versammlung entscheiden

müssen, ob wir die Unterlagen verbreiten oder nicht«, sagt Raffaele.

»Regeln werden gemacht, damit sie missachtet werden. Letizia hat es nicht so mit Schweineställen, der gefallen die Baugeschichten ... Dann ist ihr Vater ruiniert.«

»Wenn die uns schnappen, dann hocken wir in der Scheiße«, lässt Raffaele nicht locker, doch jetzt klingt er etwas gezwungen, als bräuchte er eine x-beliebige Antwort, um sich zu beruhigen. »Ich hab dieses *Cosmo Good*-Zeugs satt.«

»Da gibt's nicht mal Weiber abzuschleppen«, fügt Costantino hinzu. Er spürt, wie sich die Nacht rasch auf seine Schultern senkt. Irgendetwas schlängelt sich wie eine feuchte Zunge um seinen Bauchnabel. »Außerdem habe ich Hunger«, sagt er und reibt sich den Bauch. »Noch ein Scheißtag«, konstatiert er.

34.
(Irrlichter)

Commissario Sanuti blickte zum Himmel, als wollte er um göttliche Hilfe bitten.

Der Friedhofswächter ging zwei oder drei Schritte vor ihm über den knirschenden Kies. Was genau er tun sollte, war unklar. Er ging, dann hielt er inne, rückte eine Blumenvase zurecht, verschloss einen Abfallkübel, drehte einen Wasserhahn zu.

»Mordopfer?«, wiederholte der Mann. »Das ist ein Wort, aber wie ermordet?«

»Mit dem Gewehr.« Sanutis Ton hatte sich der Umgebung angepasst.

»Mit dem Gewehr, mit dem Gewehr …«, besann sich der Wächter. »Von denen wird es hier mehrere Hundert geben, man müsste genauere Angaben haben.«

»Was meinen Sie«, fuhr Sanuti fort, »wird ein Mordopfer in seinen Kleidern voller Einschusslöcher begraben?«

Der Wächter sah Sanuti an, als sei der nicht ganz bei Trost.

»Ich erkläre es Ihnen, ich habe da eine Jacke, die einem Toten gehört hat. Aus den Laboruntersuchungen an der Jacke geht eindeutig hervor, dass dieser Tote genau mit der Jacke begraben wurde, es gibt deutliche Spuren …«

Der Friedhofswächter begann zu begreifen: »Soll das bedeuten, dass einer ein Grab geöffnet und die Leiche ausgezogen hat?«

»Das ist eine Möglichkeit, sind Ihnen keine Fälle von Grabschändung bekannt?«

»Seitdem ich hier arbeite, ist so etwas nie vorgekommen, aber früher mag es welche gegeben haben«, fuhr der Mann fort und stellte das Porträt eines jungen Mannes wieder auf, das umgekippt war. »Der hier ist bei einem Verkehrsunfall ums Leben gekommen, er war gerade mal zwanzig Jahre alt …«, erläuterte er, als spräche er mit sich selbst.

Sanuti wartete einige Sekunden ab. Bevor er sich verabschiedete, betrachtete er noch einmal den Wächter bei der Arbeit.

Nicht weit von ihnen entfernt näherte sich eine alte Frau schweren Schrittes einer Grabstätte. Es sah so aus, als betete sie, doch irgendetwas stimmte nicht …

»Nun, hier passiert schon so manches, es ist nicht so, wie man gewöhnlich denkt, dass auf Friedhöfen nichts passiert, in Wirklichkeit … Die dort«, sagte der Wächter und deutete auf die Alte, »das ist Mariangela Mulas, die Witwe von Marongiu, dem Schuhmacher. Sie kommt jeden Abend um diese Zeit und geht nicht etwa zum Grab ihres verstorbenen Gatten, nein. Sie geht zum Grab eines anderen und beschimpft ihn, sehen Sie: Die betet nicht, sie stößt Beleidigungen aus.«

»Sind Sie sich da sicher?«, fragte Sanuti unvermittelt.

»Wenn Sie Mariangela Mulas, die Witwe des Schuhmachers, meinen … da bin ich mir wohl sicher … Heute nimmt sie sich Zeit«, fügte der Wächter hinzu, da er sah, dass Sanuti sich nicht rührte. »Heute nimmt sie sich Zeit.«

Der Commissario beobachtete sie. Von ihm aus gesehen, ähnelte die Alte einem Rabbiner beim Gebet an der Klagemauer.

»Sehen Sie? Sie spuckt und flucht«, erklärte der Wächter, der sich neben ihn gestellt hatte. »Aber sie ist krank, sie ist nicht mehr ganz richtig im Kopf.«

»Auf wen spuckt sie?«, fragte Sanuti flüsternd.

»Das ist eine alte Geschichte«, fasste es der Wächter zusammen. »Jedenfalls ist sie krank im Kopf«, wiederholte er.

»Aber wessen Grab ist das?«

»Tja, von wem ist das ...«, ließ sich der Wächter Zeit. »Cosimo Mele ist dort begraben.«

Inzwischen war nicht weit von ihnen entfernt eine Frau mittleren Alters aufgetaucht, um die Alte abzuholen.

»Und wer ist das?«, fragte Sanuti.

Der Wächter machte ein paar Schritte Richtung Ausgang, um zu verstehen zu geben, dass er jetzt wirklich schließen müsste. »Das ist die *teracca*«, antwortete er knapp.

»Wer?«, beharrte Sanuti.

»Die Putzfrau, die Dienstmagd«, klärte der Wächter ihn auf.

»Ach, die Hausangestellte«, stellte Sanuti klar.

»Ja, ja, die Hausangestellte, genau die«, griff der Wächter das Wort auf. »Aber was wollt Ihr Mariangela Mulas denn sagen, nach all dem Unglück, das ihr zugestoßen ist? Zwei Söhne tot und dann auch noch so: Was wollt Ihr einer solchen Frau sagen?«

Sanuti zuckte die Achseln, während er dem Wächter zum Ausgang folgte. »Hm, vorerst nichts«, sagte Sanuti betont langsam. »Vorerst ...«

Einige Sekunden lang folgten sie den beiden Frauen, die

den Friedhof verließen. Als sie am Tor waren, trat der Wächter beiseite. Sanuti setzte erst einen, dann den zweiten Fuß aus dem Kirchhof heraus.

»Streifen Sie sich die Füße ab«, hielt der Wächter ihn unvermittelt an.

Sanuti blickte verunsichert.

»Streifen Sie sich die Schuhsohlen ab. Es ist nicht gut, Friedhofserde mit nach draußen zu nehmen«, erklärte der Wächter, und um den Sinn seiner Worte begreiflicher zu machen, imitierte er ein Pferd, das sich den Huf wetzt, und rieb die Gummisohlen seiner Arbeitsstiefel über die Kante einer Treppenstufe. »So«, sagte er. »Auf den Friedhof nimmt man nichts mit und lässt nichts dort.«

Unbeholfen tat Sanuti es ihm nach. »Cosimo Mele, haben Sie gesagt?«, fragte er, bevor er sich umdrehte, um zu seinem Wagen zu gehen.

Der Friedhofswärter hinter dem geschlossenen Tor nickte mit dem Kopf.

35.
(der Brunnen)

Sie hatte es ihm geschworen, Mariangela dem Cosimo. Obendrein waren sie entfernte Verwandte. Sehen wir, wie alt mochte Mariangela Mulas damals gewesen sein? Dreizehn, höchstens vierzehn Jahre alt war sie und Cosimo war vielleicht siebzehn. Wir sprechen also von einem Zeitraum vor sechzig oder noch mehr Jahren und das ist kein Pappenstiel. Mein Gedächtnis ist nicht gut. Viel Zeit ist vergangen. Jedenfalls lebte Mariangela bei diesen Verwandten, wie es damals öfters vorkam, wenn die Familien zu groß waren und die Kinder alle zusammen großgezogen wurden.

Also, im Hause Mele gab es drei Geschwister: Die Älteste war Tiresa, dann kam Cosòme und schließlich Mauro als Nachzügler. Die Mutter der Mele behandelte Mariangela wie eine leibliche Tochter. Aber sie hatte einen schwierigen Charakter, im Hause musste alles nach ihr gehen. Mariangela hatte es dort nicht schlecht. Der alte Mele, wie war noch mal sein Vorname? Jedenfalls war er ein Mann, der ständig schmollte. Er hatte sein Geld auf dem Schwarzmarkt gemacht, das aber sollte unter uns bleiben. Zu Zeiten Mussolinis war die Misere bekanntlich groß … Der alte Mele kaufte

Weizen und Olivenöl in Mengen auf und verkaufte sie dann zu Wucherpreisen. Er war ein Oberfaschist, Freund des Parteifunktionärs und konnte sich alles erlauben. Bis zu einem gewissen Punkt ... Aber ich will nicht vorgreifen. Also Mariangela wird im Alter von fünf oder sechs Jahren von Sarule nach Nuoro geschickt und verbringt dort eine Jugend wie ein kleines Fräulein, das sich auf ihre Rolle als Frau des Hauses vorbereiten muss und auf einen Ehemann – vielleicht sogar auf Cosimo Mele, der zu jener Zeit gerade zehn Jahre alt ist. Also ein genau ausgeklügelter Plan. Die Kinder wachsen zusammen auf: Cosimo ist nicht groß, aber gut gebaut, alles an ihm sitzt am rechten Fleck, er ist ein fescher Junge. Mariangela erblüht, dass es eine wahre Freude ist. Für ihr Alter ist sie recht groß. Die Haare reichen ihr bis zum Po, sind schwarz wie die Nacht und ihre Haut ist blendend weiß. Die Natur lässt sie zusammen die ersten Begierden entdecken, wenn aus den unschuldigen Spielen sündige werden. Im Laufe der Jahre haben sie sich daran gewöhnt, zueinander zu gehören, und keinem missfällt das ... Dennoch wird die Überwachung im Hause jetzt strenger: Teresa, die älteste der Geschwister, soll ein Auge auf die beiden haben. Der alte Mele übernimmt widerstrebend die Aufgabe, sich den Sohn vorzuknöpfen. Seine Rede ist schlicht und besagt ungefähr Folgendes: Pass auf, was du tust! Wenn du dich austoben musst – mittlerweile bist du ja ein Mann und hast deine Bedürfnisse –, tue es außer Haus. Teresa nimmt Mariangela zum Rosenkranz mit, damit der Gemeindepfarrer ihr wegen des Werts der Jungfräulichkeit ins Gewissen redet ...

Alles in Ordnung, so mag man an dieser Stelle denken. Doch da knüpfen sie auf dem Festland Mussolini mit dem

Kopf nach unten auf und im Hause Mele beginnen die Probleme. Der Wegfall der gewohnten Beziehungen und Begünstigungen höhlt ihre Finanzen aus wie ein Möbelstück, in dem der Holzwurm tickt. Teresa wird in Sassari an einen Postbeamten verheiratet, der um einiges älter ist als sie.

Im Elternhaus von Mariangela herrscht Unzufriedenheit, auch dort laufen die Dinge immer schlechter. Die Tochter soll nach Sarule zurückkehren, wo sie nunmehr »unentbehrlich« geworden ist. Das Ergebnis: Mariangela ist in größter Besorgnis und Cosimo schläft schlecht. Die alte Mele unterdes lässt sich Zeit und der alte Mele versucht, sein Leben neu zu organisieren: Evakuierte, Waffen und was sonst noch. Mauro, der Jüngste des Hauses, ist noch zu jung.

An ihrem vierzehnten Geburtstag wird Mariangela gefeiert wie eine Heilige. Es gibt selbst gebackene Süßigkeiten, einen Festschmaus und als Geschenk bestickte Bettwäsche für die Aussteuer. Cosimo drückt ihre Hand und presst seine Wange an ihr Gesicht, in der flüchtigen Andeutung eines Kusses. Er spürt, wie sein Blut in Wallung gerät, denn die Hand von Mariangela ist wie ein glühender Holzscheit. Ihre Hitze durchströmt ihn von Kopf bis Fuß.

Mariangela nimmt Cosimos Galanterie scheinbar unaufmerksam entgegen, doch die ganze Nacht über tut sie kein Auge zu, da der Geruch seiner Haut nicht aus ihren Sinnen weicht.

Bis zu jenem Nachmittag zwei Wochen später.

An diesem Nachmittag strahlen die Granitsteine des Hauses Mele eine solche Hitze aus, dass sie Kuchen frisch aus dem Backofen, bedeckt mit funkelnden Zuckerkristallen, zu sein scheinen. Halb tot vor Hitze, haben die Alten das Haus vor dem Gluthauch verriegelt und gehen sich ausruhen, ihnen fehlt sogar die Luft zum Atmen. Der Jüngste schläft zu ihren Füßen. Teresa ist im vierten Monat schwanger und hat eine Ansichtskarte mit Grüßen und Küssen aus dem Küstenort Platamona geschickt. Mariangela hat sich nur mit einem leichten Hemd bekleidet flach auf den Fußboden ihres Zimmers gelegt, denn das Bett verströmt Hitze, wenn man es nur ansieht. Wie ein Tier am Ende seiner Kräfte, so hat sie sich lang gestreckt, die Handflächen auf den Boden gepresst und den Blick starr zur Decke gerichtet. In dieser Lage verspürt sie einen leichten Zug, der vom Korridor durch den unteren Türschlitz hereinströmt. Mariangela hat die Augen geschlossen, schlummert ein, träumt sogar und hört nicht die barfüßigen Schritte näher kommen. Die breiten Fußsohlen Cosimos hinterlassen feuchte Spuren neben ihrem Haar.

Er umkreist sie wie ein hungriger Hund, der wenige Meter vom Futtertrog entfernt angekettet ist und die Vorderpfoten in die Luft streckt; doch der Hals steckt fest im Halsband an der Kette, die ihn viel zu weit entfernt hält von den dampfenden Speiseresten. An der bodenlosen Angst angekettet, drängt Cosimo zu ihr hin. Mariangela, die gerade erst erblüht ist, liegt reglos da. Cosimo atmet in kurzen Stößen, ein würgendes Keuchen wie am gespannten Halsband, und betrachtet sie von oben: gefährlich und unschuldig zugleich, mit leicht gespreizten Beinen, geöffneten Lippen und Brüsten, die sich unter dem kurzen Atem heben und senken. Als er an sich heruntersieht, kann er etwas beobachten, das er nur allzu gut kennt. Er kniet nieder und neigt den Kopf, bis sein dichtes Haar ihre Lippen berührt. Sie lächelt, vielleicht weil sie von kühlem Quellwasser träumt, vielleicht weil ein gefiederter Engel gerade vorübergleitet oder weil es von der Pfarrkirche zwei Uhr schlägt, vielleicht weil salziger Schweiß auf ihre Oberlippe perlt, vielleicht, vielleicht …

Cosimo schiebt die Haarsträhne zur Seite und streicht sie hinters Ohr. Alles geschieht derart langsam, Jahrhunderte vergehen zwischen den einzelnen Herzschlägen. Eine Hand umschlingt gnadenlos seinen Bauch, ein unbezwingbares Zittern lässt sein Fleisch vibrieren und ihrer beider Lippen kleben fest aufeinander und, und …

In dem Moment schlägt Mariangela die Augen auf und sieht ihn so nahe vor sich, als wäre er eine Gestalt aus dem Traum, in dem sie ihn gerade geküsst hatte. So fährt sie sich mit der Hand über die Lippen, öffnet sie halb. Cosimo zögert noch, ihr bloßer Anblick würde ihm genügen. Aus dieser Entfernung wirkt ihre Haut wie eine schöne, gleichmäßig geklöppelte Spitze, ihrem Mund entströmt ein schwacher Duft nach Erdbeerbaum. Sie sind sich jetzt so nah, dass der Moment, da sie sich berühren, nie zu kommen scheint: Es ist wie der Wettlauf des Achilles mit der Schildkröte. Die Zeit zerspringt in winzige Fragmente, die sich unmöglich wieder zusammenfügen. Wie eine Sanduhr ohne Ende: ein Sandkörnchen nach dem nächsten. Ein Habicht, der gegen den Mistral durch die Luft gleitet. Zwei gleiche, einander entgegengesetzte Mächte erzeugen Stillstand. Dann streckt Mariangela Cosimo ihr Kinn entgegen und zerreißt das Halsband, jenes, das ihn so weit von ihr fern gehalten hat, dass er sie nicht küssen konnte, aber nicht so weit, dass er ihren Atem nicht gespürt hätte. Mariangela. Sie schlingt ihre Arme um seinen Nacken, drückt sich an ihn, schiebt gierig ihre Zungenspitze zwischen seine Lippen und lädt ihn ein, von ihr zu kosten, und, und …

Cosimo schüttelt sich, und es scheint, als sei das ganze Zögern wenige Sekunden zuvor umgeschlagen in rasendes Ungestüm. Er küsst sie, ja, das tut er, er schmeckt sie, kämpft ein wenig gegen ihre Zungenspitze, aber das ist nicht das Ziel, das er erreichen möchte. Vielleicht weiß er selbst nicht genau, wohin es ihn drängt, vielleicht ist er nicht einmal Herr seiner Begierden, vielleicht sollten seine Hände eine Stelle finden, auf der sie ruhen können, vielleicht wäre es besser, wenn er sein Äußeres wieder in Ordnung brächte, vielleicht, vielleicht …

Er, Cosimo, schämt sich und ist zugleich voller Stolz. Die Erregung, die so deutlich, so frech zwischen seinen Schenkeln gewachsen ist, bedeutet Niederlage und Bedrohung zugleich. Mariangela packt ihn an den Handgelenken, ohne sich auch nur einen Millimeter von seinem Mund entgehen zu lassen, sie will, dass die Begegnung ihrer Körper niemals ein Ende haben wird. Sie hält Cosimo an den Armgelenken fest und legt seine Hände genau dahin, wo sie hinwollten: auf ihre Brüste, die von einer so lieblichen Härte sind, dass er in die Unterhose ejakuliert. Ganz plötzlich. Cosimo spürt es eine Sekunde zu spät, reißt die Augen auf, Stöhnen und Schluchzen dringen aus seinem Mund, der in einem unendlichen Kuss gefangen ist. Er schnellt nach hinten, um sich zu befreien. Er landet auf den Knien und sein Blick fällt auf den glitschigen Fleck an seinem Hosensteg.

Mariangela ist wie betäubt, aber es ist ein unruhiges Betäubtsein, voller Zuckungen, ihr Kopf rollt hin und her und sie fasst sich an den Unterleib: Die Knie angehoben, die Fersen gegen die Pobacken gedrückt, öffnet sie die Beine. Ihre Hände scheinen nun die Bewegungen ihres Beckens, kleine Zuckungen nach oben, blockieren zu wollen. Als wollte sie etwas in sich zurückzwingen, etwas, das hinausdrängt. Immer tiefer, immer tiefer ... Sie ruft: »Co ... sò ... me.« Ihr Kampf geht weiter und scheint jetzt auf dem Höhepunkt angelangt zu sein. Cosimo beobachtet das Mysterium, das sich vor ihm vollzieht, voller Neugier und Furcht. Es ist so heftig, dass ein Erdbebenstoß das kleine dunkle Zimmer erschüttert. Mariangelas Lächeln spricht tausend Sprachen, sie lächelt zu sich selbst, zur Erde, die rings um sie bebt und sie als Teil ihrer selbst erkennt; sie lächelt zu Cosimo, der den Tränen nahe ist. Dann ist alles vorbei, die Beine fallen wieder zu Boden, die Hand beruhigt sich, das Gesicht glättet sich. Sie verharren in Schweigen. Mühsam hat sie sich aufgesetzt und sieht ihn an. Mit einer raschen, fast ärgerlichen Geste entfernt sie eine dünne Haarsträhne, die auf ihrer Wange klebt. Cosimo hält ihrem Blick nicht stand. Jetzt presst er die Knie gegen den Brustkorb und schaut verstohlen auf seine Fesseln, die von einem dünnen Haarflaum überzogen sind. Ein morbider Geruch schwebt im Raum, wie nach blühenden Linden, nach dem Fleisch der Kardendistel, nach Sumpfgras. Die stillstehende Luft hält Cosimo und Mariangela in einem quälenden Schweigen fest, das unendliche Minuten dauert.

Dann kommt der Gipfel: Geschmeidig und weich wie ein Fuchsjunges, mit Schweißperlen wie Edelsteine bedeckt, nähert sie sich und zwingt ihn, den Kopf zu heben. Dann versenkt sie ihre Lippen knapp unterhalb des Halses in dem Stück Haut, das sein halb geöffnetes Hemd frei lässt. Cosimo neigt den Kopf nach hinten: Ihm ist klar, dass sie gewähren lassen die einzige Möglichkeit ist, sie in den Griff zu kriegen. Er schließt die Augen und spürt ihre Hände, die sich über seinen Brustkorb und seine Hüften ihren Weg bahnen. Andere, unsichtbare Hände verschnüren ihm den Hals, als alles wieder von vorne losgeht. All das überrascht ihn nicht. Jetzt ist er ruhig. Ruhig und gefasst zwingt ihn eine unerklärliche Entschlossenheit zu handeln und fügt ihm Stiche im Unterleib, elektrische Stöße an den Hoden, ein Prickeln an den Brustwarzen zu. Noch nie hat er seinen Körper so gespürt, das Fleisch, die Haut, das Blut, alles spürt Cosimo. Er hört Flüstern im Nacken, während er nach Mariangelas Hemd fasst. Sie kommt ihm entgegen, reckt die Arme in die Höhe und genießt dabei sogar, wie der Stoff ihre Haut streichelt. In dieser Haltung sind ihre jugendlichen Achseln zu sehen, in denen spärlich dunkles Haar sprießt, und ihre Brustwarzen stehen spitz heraus. Als sie die Arme wieder senkt, werden ihre Brüste zu Osterkuchen. Sie, hell und fließend, weiß, dass sie sich anschauen lassen muss. Und sie wiederum muss ihn anschauen, während er sein Hemd abstreift und die gebräunte, samtige Haut zum Vorschein kommt. Es gibt keine Neugier, was sie wissen müssen, wissen sie bereits, schon immer wissen sie es. Ihre Blicke tasten sich gegenseitig ab, genau wie ihre Hände, in einem gegenseitigen Wiedererkennen, ohne Neugier. Aus Mariangelas Lächeln spricht ungestilltes Verlangen; Cosimos Blick ist gedankenverloren, aber nicht gequält. Konzentriert hilft er ihr, sich niederzulegen, knöpft seine Hose auf und streift sich die Unterhose ab. Sein Penis inmitten des feucht glänzenden Schamhaars ist fast schlaff und wirkt harmlos und zahm wie eine Kastanienknospe. Die drohende Gefahr geht von ihr aus … von diesem fleischigen Schlund, diesem gierigen Mund, den angriffslustigen Brüsten, der sicheren Hand, die ihn unvermittelt packt. Immer noch lässt er sie gewähren. Ihr Griff ist unsanft und rüttelt ihn auf, er spürt das Blut kreisen und eine neue, fast schmerzliche Härte tritt ein. Er ahnt die Leere, die ihn erwartet. Jetzt hält sie seinen Penis in ihrer Faust und passt ihren Griff der ständigen Veränderung seines Erregungsstandes an. Der Vernushügel ist eine wollige Wölbung, etwas höher als der Bauch, Cosimo berührt ihn flüchtig mit der offenen Hand und Mariangela zuckt zusammen; sie umklammert seinen Penis noch ein wenig fester, um Cosimo zu sich zu ziehen, damit er sie mit seinem Leib bedeckt. Dann lässt sie sich gehen …

Am Abend regt sich wieder Leben im Haus. Ein wenig Wind ist aufgekommen und lässt die Menschen endlich Atem schöpfen. Bei Tisch hängt jeder seinen eigenen Gedanken nach: Die alte Mele beäugt ihren Gatten, der langsam isst; Cosòme verschlingt mit einem neuen Bewusstsein alles, was er auf dem Teller hat, sein Blick folgt einer Fliege, die über die Brotkrumen fliegt. Mariangela zerlegt mit chirurgischer Präzision ihr gallertartiges, sehniges Fleischstück, um Zeit zu schinden. Keiner spricht ein Wort, nicht einmal der kleine Mauro, der unbemerkt mit den Händen unterm Tisch seine Steinschleuder repariert. Es ist ein seltsamer Abend. So seltsam, dass das Schweigen nicht einmal schwer wiegt, keiner empfindet das Bedürfnis, es irgendwie anzufüllen. Grund dafür wird die erstickende Schwüle des ausklingenden Tages sein oder der Nachmittag, der das gesamte Universum auf den Kopf gestellt hat … Wer weiß … Cosimo ist jetzt in einem abwesenden und unruhigen Zustand, der an Panik grenzt, jedoch auch einem merkwürdigen, unpassenden Glücksgefühl gleicht. Am liebsten würde er lachen und weinen zugleich. Seine Lenden schmerzen leicht, aber sein Körper fühlt sich erfüllt an, denn er hat die Kindheit hinter sich gelassen. Er hat etwas getan, was ihn verändert hat, doch er kann noch nicht wissen, wie sehr. Er hat etwas Unbesonnenes und Großartiges getan … Mariangela schneidet mit wütender Ruhe das Fleisch auf ihrem Teller zurecht und kann sich nicht entschließen, auch nur einen Bissen zum Mund zu führen. Was geschieht jetzt?, fragt sie sich ohne Furcht. Ihre Brüste reagieren auf ihre bloßen Gedanken, sie ist verletzlich und unbesiegbar zugleich.

Die alte Mele bricht das Schweigen, sie sagt, dass sie sich beeilen sollen, denn es gibt etwas zu tun. Was das ist, weiß nur sie. Doch vielleicht auch nicht, denn der alte Mele stimmt ihr bei und Cosimo isst schneller. Dann wendet sich die Alte an Mariangela und heißt sie, Mauro in den Hof zu bringen, wo es kühler ist. Mariangela steht auf, ohne nach dem Grund zu fragen, denn der Ton der Alten klang nicht, als würde sie eine Erklärung geben. Sie macht sich zusammen mit dem Knaben auf den Weg nach draußen, die Tür fällt hinter ihr ins Schloss und die Unterredung kann losgehen.

Eigentlich wäre der Alte an der Reihe gewesen, doch er zögert. Deshalb richtet die Frau Gemahlin das Wort an Cosimo und sagt, die Dinge hätten sich nun einmal so entwickelt und sie hätten nachgedacht. Cosimo hebt kaum den Blick vom Teller und fragt, worüber sie nachgedacht hätten … Die Alte drängt ihren Mann zu antworten und endlich spricht er. »Wir haben gedacht, dass du mittlerweile alt genug bist, um eine eigene Familie zu gründen«, sagt er. Die Alte lässt nicht locker: »Die Sache steht schlecht, es muss eine Lösung gefunden werden. Du weißt ja, dass wir Geschäfte mit Gioacchino Muroni machen.« Cosimo nickt zur Bestätigung. Er deutet auch an, davon unterrichtet zu sein, dass besagter Gioacchino einen üblen Ruf hat. Die Alte keift los: Die Ehre der Personen ist immer in anderer Leute Maul und es braucht fast nichts, um einen Christenmenschen durch üble Nachrede ins Gefängnis zu bringen. »Jedenfalls«, greift der Alte ein, »schulden wir ihm Geld. Und zwar viel. Und so haben wir uns eine Lösung überlegt und an Remonda Muroni gedacht, die das richtige Alter hat.« – »Dein Vater«, fügt die Alte hinzu, »hat bereits mit Gioacchino gesprochen ...« Cosimo hebt den Kopf: »Gesprochen – worüber?«, fragt er. Doch er weiß, worüber sie gesprochen haben ... »Verwandte zu werden«, sagt die Mutter und dehnt jede Silbe dieser Umschreibung, die ihr spontan in den Sinn gekommen war. Doch Cosimo will es ihr nicht leicht machen: »Was soll das bedeuten?«, fragt er erneut. Die Alte verliert die Geduld. »Stell dich nicht so blöd an«, sagt sie, »vor mir brauchst du nicht den Dummen zu spielen, hast du mich verstanden?« – »Ich kenne sie nicht«, sagt Cosimo leise und mit veränderter Stimme. Doch das Problem ist nicht das, absolut nicht. Das Problem ist, dass sie in Kürze vor dem Ruin stehen werden, wenn sie in der jetzigen Lage, da ihnen noch ein wenig Glaubwürdigkeit und ein paar Besitztümer geblieben sind, die falschen Schritte tun. Die Gönner von einst sind nicht mehr da und die neuen haben sich noch nicht eingestellt: Und angesichts dieser Ungewissheit heißt es zu handeln. »Ja also?« Cosimos Verbohrtheit hat etwas Rührendes an sich.

Die Alte schlägt mit der Faust auf den Tisch: »Also?! In sechs Monaten heiratest du«, erwidert sie barsch und stellt damit die natürliche Ordnung der Dinge wieder her, denn sie weiß, dass sie viel zu viele Worte vergeudet haben, um über eine so simple Angelegenheit zu beraten. Cosimo wünscht sich, Kraft genug zu haben, um zu fragen, was dann aus Mariangela wird. Doch der Alte kommt ihm zuvor: »Mariangela kehrt heim nach Sarule, auch ihre Eltern wollen das.«

Zwanzig Tage später ist der Moment der Abreise gekommen. Mariangela geht es sehr schlecht, sie kann sich kaum noch auf den Beinen halten. Cosimo begleitet sie nicht einmal zum Autobus. Ihr ältester Bruder ist aus Sarule gekommen, damit sie die Fahrt nicht alleine machen muss. Weiß wie ein Leichtuch ist sie, als er sie in den Bus einsteigen lässt. Der Gestank nach Dieselöl und alten Sitzen schlägt ihr auf den Magen. Die Fahrt ist eine Qual: die Schlangenkurven, Querrinnen, das Bergauf und Bergab der Provinzstraße besorgen ihr anhaltende und heftige Übelkeit. Doch kritisch wird die Reise, als sich Mariangela in ihrer schmerzlichen Betäubung vier entscheidender Dinge bewusst wird: Erstens, dass Cosimo sie nicht genügend liebt, jedenfalls nicht so sehr, wie sie ihn liebt; zweitens, dass die Geschichte nicht auf diese Weise enden darf; drittens, dass sie ein Kind erwartet, und viertens, dass sie mit ihrem Bruder reden muss.

Es ist Cosimos Hochzeitstag. Fast die gesamte Familie Mulas aus Sarule trifft ein, der männliche Teil, versteht sich: vier junge Männer. Schöne Kerle diese Mulas, schöne Kerle: Sie sind hoch gewachsen und kräftig, die Arbeit auf dem Feld und mit dem Vieh hat sie geformt. In den verflossenen sechs Monaten ist Mariangela ein trächtiges Kalb geworden, die Frauen des Hauses verstecken sie vor den Blicken der anderen. Die Mulas haben sich beraten und gemeinsam einen Entschluss gefasst. Die Männer des Hauses haben die Festkleidung und die Gewehre aus den Schränken geholt.

Die kirchliche Zeremonie verläuft ruhig, die Braut sieht aus wie eine Puppe: Ihr Blick ist leer, eben wie der einer Puppe. Cosimo fühlt sich unwohl, der Kragen seines weißen Hemds macht ihm zu schaffen. Dennoch verläuft alles so, wie es sein muss, der Austausch der Eheringe, die Predigt usw.

Für das Hochzeitsessen wurde ein großer Raum in einer Autowerkstatt hergerichtet: lange Tafeln aus rohen Holzbrettern, die auf Blocksteinen aus Zement aufliegen, sind mit weißem Papier überzogen worden; Tischdecken verschiedenster Art sind ausgelegt und sorgen für einen Hauch von Eleganz; halbmondförmige Trockenbrote, *carasau*, sind in regelmäßigen Abständen auf den Tischen verteilt. Die geladenen Gäste treffen tröpfchenweise ein, sie nehmen Platz und es werden Mandelschnaps und Kekse gereicht, jedes Mal eine neue Runde. Die Männer kosten vom Wein des Brautpaars. In einer Ecke des Raums steht die vierstöckige Hochzeitstorte aus feinstem Eierbiskuit mit schneeweißer Glasur. Die Trauzeugen und die Brautleute lassen auf sich warten. Sie haben unterwegs im Grünen Halt gemacht, um für den Fotografen zu posieren, doch es heißt, sie müssten jeden Augenblick eintreffen. Es dauert mindestens eine Stunde, bis alle vollständig versammelt sind. *Bacio, bacio, bacio!*, wird laut skandiert, die Brautleute sollen sich küssen. Remonda wird rot im Gesicht und hält ihm den Mund hin, Cosimo küsst sie flüchtig auf die Wange. Das Antipasto besteht aus getrockneten *salsicce*, Oliven und Sülze. Dann kommt der erste Gang: Hausgemachte *malloreddos* mit Lammsauce …

In Sarule verbringt Mariangela einen schlimmen, einen wirklich schlimmen Tag. Das Kind in ihrem Bauch bewegt sich und verteilt Tritte. Die Schwestern und die Mutter beachten sie nicht einmal. Es herrscht tiefe Stille im Hause, als wäre Totensonntag. Mariangela ist im Hof und starrt auf den Brunnen.

Auf der Hochzeit werden zwischen den einzelnen Speisen Gesänge angestimmt. Die Brautleute gehen von Gast zu Gast: Alles in Ordnung? Alles in Ordnung, alles in Ordnung.

Der Brunnen ist ein tiefer Schlund. Mariangela geht hin, sie weiß, was sie machen muss und wie. Die Frauen im Hause richten die Tafel für ein einfaches Mahl. Mariangela beginnt auf ihren Bauch einzutrommeln und spürt, wie hart und angespannt er ist: »Ich will dich nicht«, sagt sie, »ich will dich nicht!«, und schlägt zu …

Zwischen dem ersten und dem zweiten Gang ziehen die Mulas die Waffen hervor. Sie haben so gut wie nichts gegessen und vom Wein nicht einmal gekostet: Sie sind nüchtern und voller Entschlossenheit. Sie beginnen auf die Brautleute zu schießen. Auf der Spitzenschulter von Remondas Hochzeitskleid explodiert eine rote Dahlie. Der Schlag wirft sie nach hinten und sie stürzt vom Stuhl. Cosimo kann gerade noch sehen, wie sie fällt, und schon liegt er lang gestreckt neben ihr unterm Tisch. Die Gäste stieben davon, werfen Teller und Speisen um. Vom Hof her kommen zwei Männer mit Fleischspießen bewaffnet, die noch fettig sind von den Lamm- und Ferkelbraten, die sie zubereitet haben. Einer von ihnen trifft den Jüngsten der Mulas an der Schulter. Der Spieß bleibt stecken und zugleich zückt er die abgesägte Schrotflinte. Und schießt. Der Kopf des Mannes mit dem Spieß birst auseinander wie eine Melone. Die Kinder weinen auf der Panikflucht. Der Älteste der Mulas, der gekommen war, um Mariangela abzuholen, rennt los, zieht das Rolltor am Eingang herunter und blockiert es von innen mit einer Metallstange: »Hier sterben alle!«, schreit er den übrigen Gästen zu. Ein grauenvolles Schweigen tritt ein. Der alte Mele fragt nach dem Warum: »Was haben wir euch getan?« Der Älteste der Mulas entgegnet ihm mit falschem Lächeln: »Fragt doch Euren Sohn, diesen Helden«, zischt er und schießt. Der alte Mele kann sich noch einige Sekunden auf den Beinen halten, er betrachtet seinen Bauch und hat das Gefühl, in die Hose gemacht zu haben. Doch das, was zwischen seinen Beinen entlangrinnt, ist dickes Blut und Eingeweide. Wie eine leere Hülle sackt er auf dem Zementboden zusammen. Die alte Mele brüllt mit aller Kraft, die ihre alte Lunge noch hat. Sie schreit so laut, dass sie sogar den Lärm einer neuen Bleiladung übertönt, die ihre Rippen durchschlägt. Der Schrei erstickt in einem Gurgeln. Jetzt werden noch an die dreißig Leute in der Werkstatt sein, alle anderen konnten sich in Sicherheit bringen, bevor der Älteste der Mulas den Ausgang blockierte. Mauro spielt in der Nähe, auf dem kleinen Sportplatz bei der Kirche, Fußball. Cosimo weint. Remonda verliert viel Blut, ihr gläserner Blick ist der einer Sterbenden. Ganz in ihrer Nähe schnappt Teresa nach Luft und drückt ihr schon erkaltetes Neugeborenes ans Herz. Der Jüngste der Mulas hält sich die durchbohrte Schulter. Wieder Schweigen. »Wir haben nichts damit zu tun, das sind eure Angelegenheiten«, sagt ein Mann plötzlich. Weiteres Blei bringt ihn zum Schweigen. Der Geruch des Bluts schreit nach neuem Blut und steigt zu Kopf. In diesem Schlachthaus feiert der Tod ein rauschendes Fest. Es ist Sonntagnachmittag und die Carabinieri treffen spät ein …

Der kleine Leib, der unter Stößen und Hieben dem Mutterbauch entrissen wurde, gleitet zu Boden, fällt in den weichen Schoß aus Futterklee, das um den Brunnen wächst. Mariangela kann ihn sehen, er ist winzig und bereits vollendet: die Fingerchen, die kleinen Zehen. Es ist ein Junge. Er hängt noch an der Nabelschnur. Die Schwestern, diese unachtsamen Weiber, eilen jetzt herbei. »Was hast du getan?«, fragen sie. »Ich will es nicht, ich will es nicht«, stößt Mariangela hervor und lässt sich zu Boden fallen. Die Schwestern eilen los, der Mutter Bescheid sagen. Mariangela reißt mit den Zähnen die Schnur entzwei, die sie noch an den winzigen, schneeweißen Leib bindet. Sie schleppt sich zum Brunnen. Das Kind ist so winzig, dass es in einer Hand Platz hat, es bewegt sich kaum, seine Augen sind verklebt wie bei einem kleinen Kätzchen. Als einige Minuten später die Mutter eintrifft, ist es schon in den Abgründen der Erde verschwunden. Der runde Spiegel des Brunnens hat es verschluckt. Und viel Glück auch.

Die Carabinieri treffen ein: ein Maresciallo, ein Obergefreiter und zwei Rekruten. In der Werkstatt läuft man Gefahr, vor lauter Blut auf dem Boden auszurutschen. Wer sterben musste, ist tot, wer noch am Leben ist, ist trotzdem wie tot. Die Augen der Mulas sind wie die von Betrunkenen, die sich am Blut berauscht haben. Sie führen ihr Schlachtwerk zu Ende, wohl bedacht, sich Cosimo als Letzten aufzusparen: Er ist der Nachtisch. Auf dem Vorplatz draußen teilt sich die entsetzte Menschenmenge, um zwei Krankenwagen durchzulassen. Die Carabinieri hantieren mit den Sauerstoffbrennern, um die Blockierung des Rolltors aufzuschweißen. »Wie viele werden da drinnen sein?«, fragt der Maresciallo. »Hm, vielleicht zwanzig oder vierzig, *marescià*, wer kann das schon sagen?« – »Schon gut, schon gut«, winkt dieser ab, »ich meine, wie viele Tote?« – »*Carnezería*«, lässt sich einer vernehmen, der wer weiß aus welcher Gegend kommt. »Ein Massaker«, übersetzt der sizilianische Obergefreite. Der Maresciallo schaut zum Himmel auf, er hat's auch mit dem da oben. Dann sieht er zum Rolltor und fragt: »Also, wie steht's? Braucht es noch lange mit dieser Tür?« Ein Carabiniere um die zwanzig, der bereits als Schmied gearbeitet hat, dreht sich zu ihm: »Wer weiß das schon«, sagt er, »die haben sie von innen blockiert.«

Der Maresciallo ergreift ein Megaphon: »Wer ihr auch seid«, ertönt krächzend seine Stimme, »hier spricht die Polizei, macht auf und kommt mit erhobenen Händen heraus.« Doch aus der Werkstatt sind weitere Schüsse zu hören, und noch mehr, Jammern und Schreckensschreie. Draußen auf dem Vorplatz sind alle vor Entsetzen verstummt, nur eine alte Frau murmelt den Rosenkranz, auch ausgewachsene

Männer weinen wie Kinder und die Kinder verstecken sich hinter den Röcken der Frauen.

»Räumen!«, befiehlt der Maresciallo. »Und macht dieses Scheißrolltor auf, sonst pfeif ich auf öffentliche Sicherheit und spreng alles in die Luft!« Da ist ein Aufprall zu hören. Jemand ist mit einem dumpfen Knall genau auf die Metallstreben der Tür gedonnert, ein grauenvoller Klang. Nun dringen Schüsse nach außen. »Auf den Boden! Auf den Boden! Alle weg von hier!«, brüllt der Maresciallo, als ihm die Kugeln um die Ohren pfeifen. Alle flüchten, so schnell sie können. In wenigen Sekunden ist der Platz wie leer gefegt, wer sich nicht auf den Boden geworfen hat, hat Zuflucht jenseits der Gasse gesucht. Eine Blutlache breitet sich unterm Torspalt Richtung Vorplatz aus. Mindestens eine Minute schweigt alles. Im Innern der Werkstatt küssen die Gebrüder Mulas einander zum Abschied auf die Wangen. Von draußen sind plötzlich vier kurze Pistolenschüsse zu hören, drei hintereinander, der vierte nach einigen Sekunden. Vorsichtig wird wieder versucht, das Tor aufzubrechen. Doch als es sich endlich öffnen lässt, ist da niemand mehr, dem erste Hilfe zu leisten wäre. Alle sind tot. Die Mulas haben Cosimo rücklings erschossen, wie man es mit Feiglingen und Verrätern tut, von ihm stammt das Blut, das sich unter dem Torspalt ausbreitete. Dann hat der Älteste der Mulas, wie ausgemacht, jedem der drei Brüder einen Genickschuss verpasst und den vierten für sich aufgehoben.

Mariangela wird wie durch ein Wunder gerettet. Die Frauen des Hauses, Mütter, Schwestern, Ehefrauen, tragen bereits Trauer, bevor die Nachricht aus Nuoro von der Hochzeitsfeier sie erreicht.

Erst heißt es, diese Toten zu Tisch zu bitten. Dann sind all diese Toten das Mahl, zu dem geladen wird. Das Innere der Werkstatt ist ein Sumpf aus Körpern. Man kann kaum gehen. Der Blutgeruch packt einen bei der Gurgel. Der Maresciallo geht als Erster hinein. Mit den Augen sucht er nach einem freien Fleck auf dem Boden, wohin er seine Füße setzen könnte, dann zerrt er hektisch sein Taschentuch aus der Hosentasche und hält sich Nase und Mund zu. Er schaut um sich. Er fühlt sich in seine Jugendjahre zurückversetzt, als er auf der Bainsizza die Leichen zählte. Die Holzbretter, die zu Speisetafeln umgewandelt waren, sind zusammen mit ihrer Ladung von Speisen und Blumen längsseits zu Boden gekippt. Die Teller des guten Geschirrs, die die Platzgedecke abgaben, sind zerbrochen. Eine Schüssel mit Gnocchetti ist noch unversehrt, ja wirkt sogar appetitlich. An die Toten will er jetzt nicht denken, der Maresciallo, er achtet auf andere Dinge. So entdeckt er beispielsweise, dass eine Signora, die mit den Beinen nach oben gestreckt daliegt, keine Unterhose trägt. Dann fällt ihm auf, dass der schmierige Gestank des an der Luft geronnenen Blutes sich mit dem der Gummireifen vereint und eine seltsame Geruchsmischung nach Gewürzen und Metall ergibt. Es ist ein würziger Geruch, so wie er einem in den Küchen bestimmter Restaurants bisweilen entgegenschlägt. Dann bemerkt der Maresciallo, dass drei junge Männer im Sterben einander umarmt haben, sich festhaltend wie eine Kette sardischer Mundartsänger; ein vierter liegt wenig entfernt auf der Erde … Als dann der Obergefreite eintritt und einen Schrei ausstößt, beginnt auch er das Gemetzel bewusst wahrzunehmen. »Jesus, Jesus, Herr im Himmel!«, winselt der Obergefreite. Draußen beginnen die

Leute langsam zu begreifen, was geschehen ist. Der Maresciallo versetzt dem Obergefreiten mit der Hand einen Stoß auf den Nacken, so wie er es mit seinem Sohn, dem mittleren, macht, wenn der ihm zu viel Ärger bereitet. Die Dienstmütze des Obergefreiten fliegt weg und rollt genau zwischen die Beine eines kleinen Jungen mit zertrümmertem Schädel. »Mein Gott!«, hebt er erneut an und krümmt sich zusammen. »Gehen wir raus«, sagt der Maresciallo mit einer Stimme wie aus dem Keller, »hier können wir nicht bleiben. Versuch, nichts zu zertreten«, sagt er noch.

36.
(er hat einen Namen)

Sanuti machte kehrt und ging direkt in seine Wohnung zurück, um diese Uhrzeit hatte es keinen Sinn, im Kommissariat vorbeizuschauen. Der Abend versprach eine wirklich finstere Nacht, auch Wind war erneut aufgekommen …

Dieser Tote hatte also einen Namen, dachte er, während er sich zwischen die Fangeisen der Aufzugstür quetschte. Er hatte einen Namen, und das war ja schon mal etwas, auch wenn das nicht bedeutete, dass der besagte Name mit dem des Anzugbesitzers übereinstimmte. Zu seinen Gunsten sprach die Tatsache, dass er mit einer Ladung Kugeln im Rücken getötet worden war. Und weiter? Weiter nichts, es war keine Zeit für weitere Kontrollen gewesen. Als der Aufzug in seinem Stockwerk ankam, zog er ein kleines Schreibheft aus der Tasche: COSIMO MELE, las er wieder. Das war der Name.

Zu Hause erwartete ihn wie üblich die Öde seiner Wohnung, die viel zu groß war für eine Person allein. Der vorige Mieter hatte ein paar Möbelstücke zurückgelassen: ein ausgeleiertes, aber bequemes Sofa; eine Anrichte, die würdevoller wirkte, als sie war; eine billige Halogenlampe, die kurz davor stand, den Geist aufzugeben. Es war klar, dass er sich nur entschließen müsste, diese Art Absteige in ein echtes wohnliches Zuhause zu verwandeln. Ein Haufen Sachen waren klar, das ließ sich nicht leugnen: zum Beispiel, dass er nicht ernstlich daran dachte, sich in geordnete Verhältnisse zu begeben; und damit hing eng zusammen, dass er es vorzog, diesen Ort wie im Übrigen auch sein Liebesleben als Provisorium zu betrachten, und in der Rolle des Provisorischen wollte er auch gesehen werden. Eigentlich war diese Wohnung genau so, wie sie zu sein hatte.

Er betrat die Küche. Wenn er daran gedacht hätte, der Putzfrau aufzutragen, etwas zu essen einzukaufen, hätte sich der Gedanke an ein Abendessen in die Tat umsetzen lassen. Doch er hatte nicht daran gedacht …

Er legte das kleine Heft auf den Küchentisch. Der Name COSIMO MELE nahm viel Raum ein, denn er war in Großbuchstaben mit viel Abstand dazwischen geschrieben. Er machte die Klappe eines Hängeschränkchens über dem Spülbecken auf und fand Zwieback und ein halb volles Glas Honig …

Als das Telefon klingelte, hatte er den Mund voll.

Es war seine Mutter: »… Ja, ich weiß, ich hatte zu tun … Nein, nein, ich habe einfach keine Zeit gefunden … Mama, ich bin den ganzen Tag außer Haus gewesen und erst in diesem Augenblick heimgekommen, ich hätte dich angerufen … Mama, hör zu, ich bin hier wegen der Arbeit, was gibt es denn? … Ich esse, Mama, ich esse … Was soll das heißen? … Ist gut, ist in Ordnung … Jetzt aber nicht übertreiben …«

Er legt auf und scheint ein anderer geworden zu sein. Mindestens eine halbe Stunde braucht er, um sich wieder zu beruhigen. Ein Tropfen Honig läuft vom Zwieback, den er halb gegessen auf das Blatt seines Hefts gelegt hat. Der Honig liegt genau auf dem S von Cosimo. Er tupft ihn mit dem Finger auf und schleckt ihn ab. Ihm fehlt ein Freund, ihm fehlt eine Frau, ihm fehlt so gut wie alles, obendrein ist ein fürchterlicher Wind aufgekommen und rüttelt an den heruntergelassenen Rollläden.

Er hat beschlossen, ein heißes Bad zu nehmen. Doch anstatt ins Bad zu gehen und die Wanne voll laufen zu lassen, begibt er sich ins Wohnzimmer. Er bewegt sich einfach völlig kopflos. Er nimmt sich eine Sache vor und tut eine andere. Er schaltet den Fernseher an, er hantiert mit der Zimmerantenne herum, denn er hat sich noch nicht um eine Verlängerung bemüht, mit der er sich an die Gemeinschaftsantenne des Hauses anschließen könnte. Deshalb bekommt er nur eine Reihe griesiger, schräger Bilder zu sehen. Vielleicht ist das die eigentliche Wirklichkeit, sagt er sich. Vielleicht herrscht hinter der Präzision der ausgestrahlten Bilder Tohuwabohu, Verwirrung, Wirbel … Die Nachrichten versteht man nur bruchstückweise, nur die Kanäle mit dem Fernsehshopping sind gut zu sehen. Und so verharrt er im Anblick eines mit Rubinen besetzten Rings zu einem phantastischen Preis und eines Geräts für passive Gymnastik. Er könnte auch etwas lesen. Er könnte auch schlafen gehen, obwohl es noch nicht einmal neun Uhr ist. Er könnte ausgehen, aber die Sprache des Windes ist unmissverständlich. Er hatte beschlossen, ein heißes Bad zu nehmen, und so muss er also ins Bad gehen.

Als es an der Haustür klingelt, ist die Wanne bereits halb voll und er schon in Strümpfen. Genauer gesagt kämpft er mit seinem Hosengürtel, als die Klingel ertönt. Und um es noch genauer zu sagen, starrt er in den Spiegel, der schon beschlagen ist, und überlegt sich, ein schwarzes Haar auszureißen, das auf seiner Nasenspitze gewachsen ist. So macht er den Gürtel wieder zu, sucht seine Halbschuhe, schlüpft hinein, ohne sich hinunterzubeugen, während er den Wasserhahn zudreht, und geht die Tür öffnen. Die Glocke ertönt noch einmal, während er den Hörer der Gegensprechanlage abhebt. Es ist ein unsicheres Läuten, als habe die Person an der Tür es noch ein letztes Mal versuchen wollen, bevor sie endgültig aufgibt.

Salvatore Corona hält inne, als er hört, dass Sanuti zu Hause ist. »Störe ich?«, fragt er.

Sanuti, drei Stockwerke über ihm, schweigt ein paar Sekunden.

»Staatsanwalt Corona?«, fragt er mehr sich selbst als den unerwarteten Besucher.

»Störe ich?«, wiederholt der wieder.

»Aber nein, überhaupt nicht. Kommen Sie ruhig hoch, kommen Sie.«

»Ich wusste nicht, ob es recht ist, aber habe einfach mal vorbeigeschaut. Ich muss mit Ihnen reden«, legt Corona los, kaum hat er seinen Fuß in die Wohnung gesetzt.

»Sie stören überhaupt nicht«, versichert Sanuti ihm. »Nehmen Sie einstweilen Platz«, sagt er und deutet auf das ausgeleierte, aber bequeme Sofa.

Corona setzt sich, ohne sich anzulehnen, er hat eine Abneigung gegen Sofas, vor allem gegen bequeme. »Wir hatten keine Gelegenheit, uns zu sehen«, fängt er an.

Sanuti setzt sich ihm gegenüber auf den kleinen Tisch, er überragt ihn ein wenig. »Ja, ich bin den ganzen Abend unterwegs gewesen, ich war auf dem Friedhof.«

»Ich habe dafür mit Pierallis diskutiert.« Corona sieht sich um.

»Ich hatte noch keine Zeit, mich häuslich einzurichten«, entschuldigt sich Sanuti, wie auf frischer Tat ertappt.

»Viel Platz haben Sie hier«, meint Corona.

»Die Wohnung ist noch zum großen Teil leer, aber es ist alles da, was ich brauche. Allerdings kann ich Ihnen leider gar nichts anbieten.«

Corona macht mit der Rechten eine Bewegung, um zu bedeuten, dass es nicht wichtig sei. »Die entziehen mir den Fall Marongiu«, erklärt er weiter. »Ich muss mich jetzt um eine andere Sache kümmern.« Sanuti wartet, dass er seine Rede fortsetzt.

Und tatsächlich fährt Corona fort: »Kennen Sie sich mit Computern aus?«

»Ja«, sagt Sanuti, »so einigermaßen. Geht es um Informatik?«, fragt er, denn Corona redet erst einmal nicht weiter.

»Ja und nein«, beginnt Corona. »Wir haben eine anonyme Sendung mit einer Diskette erhalten: Es ist Material für eine Ermittlung, und wie es aussieht handelt es sich um eine große Sache, um einen Milliardenbetrug. Ich weiß nicht einmal, warum ich Ihnen das erzähle, um ganz ehrlich zu sein.«

»Sie haben einfach das Bedürfnis, sich Luft zu machen«, ermutigt Sanuti ihn. »Was mich angeht, ich kann Sie bestens verstehen. Ich weiß, wie es nervt, wenn man eine angefangene Arbeit mittendrin liegen lassen muss, um eine andere anzufangen ...«

»Und möglicherweise dafür auch noch versetzt zu werden, weit weg von zu Hause, an einen Ort, wo man keinen kennt«, fügt Corona ergänzend hinzu.

Sanuti reagiert leicht pikiert. »Ich habe selbst um diesen Dienstsitz gebeten, ich selbst«, sagt er in überraschend scharfem Ton.

»Sie haben Recht: Man soll nicht über etwas reden, was man nicht kennt.«

»Ich brauchte eine Veränderung.« Der Tonfall des Commissarios ist jetzt wesentlich milder. »Als die Stelle hier frei wurde, habe ich gedacht, dass eine Versetzung mir gut täte ...«

Corona senkt den Kopf. Dann springt er auf. »Vor Ihnen wohnte Commissario Currelli, Ihr Vorgänger, hier«, klärt er ihn auf. »Ich bin oft hergekommen. Sie müssen mich entschuldigen, aber manche Gewohnheiten wird man einfach nicht los.« Mit diesen Worten begibt er sich zum Ausgang.

Sanuti eilt ihm nach: »Ich freue mich, dass Sie gekommen sind, ich habe selten Gelegenheit, mit jemandem zu sprechen. Hören Sie, haben Sie bereits zu Abend gegessen? Kennen Sie ein Lokal in der Gegend, wo man essen gehen kann?« Seine Stimme hat nun einen beinahe flehentlichen Unterton.

Corona dreht sich um und schaut ihn an, als würde er sich selbst betrachten. Ein Lächeln huscht über sein Gesicht, als er sagt: »Sicher kenne ich eines, auch ich habe Hunger.«

Das Lokal ist halb leer, es gibt Pizza und anderes, auch Regionalküche. Sanutis Gesicht ist entspannt und ruhig. Corona kaut verlegen auf der Unterlippe. Jetzt, da sie einander gegenübersitzen, stimmt etwas nicht. Zwei einsame Männer, die zu weit voneinander weg sind.

»Ich wusste nicht, dass Sie verheiratet sind«, sagt Sanuti und wickelt die *spaghetti alle vongole* um seine Gabel.

Corona sieht ihn an, als frage er sich, an welcher Stelle der Unterhaltung sie von der Ehe gesprochen hätten.

»Sie haben von einer Schwägerin gesprochen«, klärt Sanuti ihn auf. »Wenn es eine Schwägerin gibt, dann gibt es auch eine Ehefrau«, schließt er.

»Nun, es könnte sich auch um die Frau meines Bruders handeln …«, spöttelt Corona, als er sieht, dass sich Sanuti in die Enge getrieben fühlt und angestrengt die Muschelschalen aus den Spaghetti herauszufischen versucht. »Wie auch immer, ich habe keine Geschwister, deshalb muss es sich tatsächlich um eine Ehefrau handeln.« Corona hat jetzt richtig Spaß an der Sache. »Ich habe irgendwo eine Exfrau, doch Sie brauchen sicher nur eine kleine Runde durch die Korridore des Gerichtsgebäudes zu machen und schon wissen Sie all das, was ich keine Lust habe zu erzählen.«

»Verzeihen Sie«, stottert Sanuti und wischt sich den Mund ab. »Noch etwas Wein?«, fragt er das Thema wechselnd.

Corona reicht ihm sein leeres Glas. »Sie brauchen sich nicht zu entschuldigen«, sagt er in ehrlichem Ton. »Da gibt es nichts zu entschuldigen.«

Ohne weitere Worte zu wechseln, essen sie ihre Spaghetti auf. Der Kellner bringt eine zweite Flasche Wein, dann das Hauptgericht.

»Sehr gut«, lobt Sanuti schließlich, als er von seiner Zahnbrasse kostet. »Wirklich sehr gut. Jedenfalls, ich bin wegen der Sache mit dem Anzug auf dem Friedhof gewesen«, klärt er ihn auf. Er fühlt sich wohler, wenn er über die Arbeit reden kann.

Corona sieht ihn erwartungsvoll an.

»Ich wollte schon wieder gehen, als etwas wirklich Interessantes passiert ist.«

Corona runzelt die Stirn.

»Erinnern Sie sich an die Alte, über die wir wegen dieses Hundes gesprochen haben? Die Verrückte, die Mutter des Toten …«

»Ja, Mariangela Mulas, sie ist mir ein Begriff.«

»Genau sie. Sie war auf dem Friedhof. Sie stand vor einem Grab und redete wirres Zeugs, schrie herum und spuckte auf den Grabstein. Der Wächter behauptet, sie tut das jeden Tag. Also habe ich mich gefragt, wer zum Teufel liegt in diesem Grab? Zuerst habe ich gedacht, vielleicht ihr Ehemann. Aber es schien mir nicht der passende Moment zu fragen, vor allem weil eine Frau gekommen ist, um sie abzuholen.«

»Gut, dass Sie es nicht getan haben.« Corona kann einen Schimmer von Neugierde nicht verstecken.

»Ich habe nachgesehen: Es ist das Grab eines gewissen Cosimo Mele, der 1929 geboren und 1949 gestorben ist …«

»Ich weiß, wer das ist«, unterbricht Corona ihn. »Der wurde an seiner Hochzeit zusammen mit seiner Braut und etwa zwanzig Gästen ermordet. Der Fall ist bekannt in der Gegend.«

»Morgen früh werde ich diese Angelegenheit prüfen lassen, dann brauchen wir eine Genehmigung für die Exhumierung.«

»Eine Exhumierung«, wiederholt Corona, als sei ihm die Bedeutung des Wortes fremd.

»Ja, genau«, bestätigt Sanuti lebhaft. »Wir suchen doch die Anzugsjacke eines Toten, oder nicht?«

37.
(der Prinz in Begleitung des Schweinehirten)

Mauro Mele ist, gerade zehn Jahre alt, von nun an auf sich gestellt. Nachdem die Eltern, die Schwester und der Bruder, die Gebrüder Mulas, die Braut und die Trauzeugen beerdigt und die Werkstatt mit Wasserschlauch, Scheuerbürste und Natronlauge gereinigt sind, bleibt Mauro mit dem Ruf und mit Schulden zurück. Schulden bei Antonio Lilliu zum Beispiel, der sein Lebtag als Schweinehirt gearbeitet und dem alten Mele einiges Geld vorgestreckt hat, als die Hamstervorräte aufgebraucht waren. Lilliu hat die Schuldscheine und bringt sie zum Gericht, denn er will das zurückhaben, was ihm zusteht – ob die Leute tot sind oder nicht. Mauro wird nach Sassari ins öffentliche Waisenhaus geschickt. Antonio Lilliu zieht zusammen mit seiner Frau und seinem Sohn in das Haus der Mele, das jetzt ihm gehört. Der Schweinehirt hält Einzug in den Fürstenpalast. Doch den Leuten gefällt die Sache nicht, nein, ganz und gar nicht! Das Ganze sieht nämlich so aus, als seien da Schmarotzer am Werk. So besprechen sich Lilliu und seine Frau. »Hör auf mich«, sagt sie, »tu, was ich sage, denn ich habe Recht.« Sie sagte nämlich, dass sie Mauro Mele zu sich holen und sich um die notwendigen Dokumente für seine Pflegschaft kümmern sollten. »Noch ein Mann im Haus schadet uns auch nicht und niemand wird sagen, dass wir ihn ins Waisenhaus gesteckt haben, auf Kosten der Gemeinde.« Antonio Lilliu weiß, dass seine Frau Recht hat, doch er kann sich nicht entschließen ... Der junge Mann ist im Wohlstand aufgewachsen. Von solchen Leuten kann man sich keine Hilfe für die Arbeit auf dem Feld und mit dem Vieh erwarten. Francesco ist genau in seinem Alter, drängt die Gattin weiter. Mach es zumindest seinetwegen, damit er Gesellschaft hat, und außerdem wegen der Leute! Sie lässt nicht locker. Antonio Lilliu sagt: »Wir werden sehen.« Diese Worte bedeuten für gewöhnlich, dass er bereits nachgegeben hat. In der Tat erzählt die Frau schon überall herum, dass sie dabei sind, die notwendigen Unterlagen und den ganzen Rest für eine Pflegschaft des Waisenkindes vorzubereiten. Bei dem Gedanken, ihn im Waisenhaus zu lassen, könnten sie und ihr Ehemann nachts kein Auge mehr zutun, und auch Francesco nicht, um Himmels willen, es vergehe kein Tag, an dem er nicht nach *Maureddu* frage, dem Ärmsten. So besorgen sie sich die notwendigen Papiere und Mauro darf in das Haus zurückkehren, das früher seins gewesen war. Das Schicksal weist ihm genau das Zimmerchen zu, in dem Mariangela geschlafen hat. Derselbe Raum, in dem alles seinen Verlauf genommen hat. Mauro und Francesco sollen gemeinsam aufwachsen, doch das bleibt ein bloßer Traum. Nur für das Einwohnermeldeamt gelten sie als Altersgenossen. Mauro ist ein besonnener und auch lernwilliger Bursche, in der Tat lernt er zu Hause für zwei: für sich und für Francesco, der ein Müßiggänger ist. Francesco ist außerdem ein ziemlicher Flegel, doch er ist Mutters Augapfel. Antonio Lilliu hingegen findet immer mehr Gefallen an Mauro. Das geht so weit, dass er bei Tisch oder im Bett lachen muss, wenn er daran denkt, wie sehr er sich getäuscht hat und den Waisenknaben erst nicht aufnehmen wollte. Dem Knaben ist in seiner Jugendzeit das angenehme Leben in Fleisch und Blut übergegangen, da kann man einfach nichts sagen. Seine Gebärden und seine Denkweise verraten eine Person, die noch nie materielle Sorgen gehabt hat. Er trägt Francescos abgelegte Kleider, die an ihm eine Verwandlung durchmachen und zu feinster Schneiderware werden: der Fall des Stoffes, der Sitz der Falten ... einfach alles. Und kaum hast du dich versehen, werden aus den beiden zwei fesche junge Männer. Wenn sie zusammen unterwegs sind, deuten die Leute mit dem Finger auf sie: Schaut her, zischeln sie bei ihrem Anblick, der Prinz in Begleitung des Schweinehirts.

Eines Nachts klopft es an die Haustür, harte Schläge, mehrmals hintereinander. Die Gattin von Antonio Lilliu setzt sich mit einem Ruck im Bett auf und bekreuzigt sich. Dann eilt sie in den Gang. Antonio Lilliu schläft noch. Unterdes wird unten weiterhin an die Tür geklopft und jemand ruft: »Aufmachen!« Die barfüßige Alte im Nachthemd mit wehendem Haar stößt auf dem Korridor beinahe mit Mauro zusammen, der ebenfalls aufgestanden ist. Mauro ist im Unterhemd, hat sich seine Hose übergezogen und ist ohne Strümpfe in die Schuhe geschlüpft. »Ich gehe nachsehen, wer da ist, bleibt Ihr hier«, sagt er. Nun ist durch das ständige Klopfen auch Antonio Lilliu wach geworden. In Unterhose, die Nerven gespannt wie Drahtseile, ist er ins Erdgeschoss gerannt, um die Doppelflinte zu holen. Mauro hat inzwischen aufgemacht. An der Tür stehen zwei Männer in Uniform, hinter ihnen ist ein dritter, der Francesco auf den Beinen hält.

»Hier haben wir Euch Euren Helden zurückgebracht«, sagt

der Ältere der Ordnungshüter. »Der Maresciallo lässt ausrichten, dass wir für dieses Mal noch ein Auge zudrücken, aber Ihr sollt beide Augen gut offen halten, weil er beim nächsten Mal hinter Gittern landet, verstanden? Jedenfalls«, fährt er fort, »gibt es Sachschäden in der Bar von Wirtin Zenia …«

Antonio Lilliu lässt das Gewehr sinken, Mauro tritt beiseite, um Francesco Platz zu machen. Ein Rekrut führt ihn herein und setzt ihn hin. Francesco lässt den Kopf auf den Tisch sinken: »Ihm fehlt nichts«, sagt der Carabiniere, »er hat nur zu viel getrunken.« Die Carabinieri gehen, wie sie gekommen sind, bestellen vorher aber noch den Delinquenten für den folgenden Morgen in die Kaserne ein, um die Angelegenheit des Schadensersatzes zu regeln …

Sie gehen also, wie sie gekommen sind. Alles schweigt in der großen Küche, Mauro hat sich in eine Ecke verzogen, der alte Lilliu stellt die Flinte an ihren Platz zurück, die Alte setzt sich nieder, die Hände vors Gesicht geschlagen, Francesco schnarcht halb auf dem Tisch liegend.

»Morgen früh werde ich es ihm schon austreiben«, sagt Antonio Lilliu leise, »diesem Gauner!« Leben kommt in die Alte und sie sagt: »Jetzt mach es nicht schlimmer, als es ist, er ist schließlich noch ein junger Bursche.«

Der Alte hört nicht auf sie. »Hilf mir, ihn ins Bett zu bringen«, bittet er Mauro, der in einer dunklen Ecke des Zimmers steht. Mauro tritt aus dem Dunkel heraus: »Ich mach das schon«, sagt er, »überlasst das ruhig mir«, sagt er und umgreift mit den Armen Francescos Brustkorb, um ihn auf die Beine zu stellen. Doch der Alte hört seine Worte nicht, sein Blick ist in die Ferne gerückt und er bückt sich, um den Sohn an den Beinen zu packen.

Die alte Lilliu beginnt leise zu weinen und trocknet die Tränen mit dem Ärmel ihres Nachthemds, während sie ihrem Mann und Mauro folgt, die Francesco tragen. Vor ihren Augen entsteht das Bild der Grablegung Christi, die Szene eines Christus, der vom Kreuz genommen wird, und ihre Kehle ist wie zugeschnürt: »Mein Sohn, mein Sohn«, murmelt sie.

Unterdes machen sich Mauro und Antonio Lilliu daran, die Treppen mit dem Christus hochzusteigen. Francesco sieht mit dem krausen Bart, den leblos baumelnden Armen, dem halb geöffneten Mund, der Kehle, die nackt und bloß gen Himmel gestreckt ist, und dem hinunterhängenden Kopf tatsächlich aus wie Jesus Christus.

Auf der zweiten Stufe wird Antonio bleich im Gesicht, reißt die Augen auf, kneift sie zusammen, dann sperrt er sie wieder auf und am Ende von all dem Auf und Zu breitet er die Arme aus und greift sich mit den Händen an die Brust.

Mauro spürt, wie Francescos Gewicht ihn nach unten zieht, da der Vater ihn nicht mehr trägt. Die Beine, die er mit einem Mal losgelassen hat, sind mit einem scharfen Laut auf die Holzstufen aufgeschlagen. Antonio gebärdet sich wie ein Opernsänger. Die eine Hand presst er auf die Brust, die andere deutet in die Höhe, er ringt nach Atem. Die Alte dreht sich um sich selbst: Sie hat gesehen, wie Mauro den hilflosen Körper Francescos auf den Treppenstufen niedergelegt hat und zu Antonio gestürzt ist. »Wasser!«, schreit Mauro ihr zu. Unentschlossen steht sie da, ihr Blick irrt zwischen dem allein gelassenen Sohn und dem Ehemann in Atemnot hin und her. »Wasser!«, schreit Mauro erneut, seine Stimme ist scharf wie ein Peitschenhieb. Die Alte ist wieder voll bei Bewusstsein, eilt zur Spüle, dann ist sie an Mauros Seite, der den Alten auf den Boden gelegt hat und ihm mit einer Hand den Kopf stützt. Ohne hinzuschauen, reicht sie ihm das Glas Wasser, ihre ganze Aufmerksamkeit gilt dem Sohn auf der Treppe, der einen Klagelaut von sich gibt, wie wenn er im Schlaf gestört worden sei. Mauros Blick folgt ihr wenige Sekunden, dann kehrt er zum Alten zurück, der röchelt und die Zähne fletscht. »Ruf einen Arzt«, kommt es ihm schwach über die Lippen. Die Alte begreift im Nu, jetzt packt sie ihre Stola, hüllt sich darin ein und ist auch schon draußen.

Angina pectoris, mit Folgeerscheinungen. Antonio Lilliu verdankt es dem gesunden Landleben, seinem rauen Wesen, seiner enormen Willenskraft, wenn er sich vor dem Infarkt retten konnte. Doch solch ein Anfall kann sich wiederholen. Der Arzt hat gesagt, dass sie ihn an den Haaren gezogen haben, während er mit den Füßen bereits im Jenseits war: als er im Nichts zwischen den zwei Welten umherirrte. Sollte sich der Anfall wiederholen, muss er eine Tablette unter die Zunge legen. Und Bettruhe, ganz viel Bettruhe wird ihm verordnet. Das schafft ihn wirklich, diese Bettruhe, meine ich. Die Ehefrau scheint kränker als er zu sein. Wird sie gefragt, wie es ihrem Mann geht, zählt sie ihre eigenen Wehwehchen auf. Nicht die des Gemahls. Vor dem Kranken verheimlicht sie den Kauf eines Seicento für Francesco – obwohl er keinen Führerschein hat, weil er dreimal durch die Fahrprüfung gefallen ist. So fährt er mit der provisorischen Fahrerlaubnis zusammen mit Mauro, der den Führerschein auf den ersten Anhieb geschafft hat. Doch hin und wieder nimmt er den Wagen auch alleine, doch wenn die Straßenpolizei ihn schnappt …

Antonio Lilliu sagt immer, dass sein letztes Stündchen geschlagen habe, denn innerhalb von zwei Monaten hatte er drei

Herzanfälle und wurde immer in allerletzter Sekunde wieder an den Haaren ins Diesseits gezerrt. Aber was für Haare denn! Die Frau hat sich vorgestellt, wie der Engel zu sein, der eine Menschenseele an der Haut festhält, wie sie ihn auf einem Fresko in ihrem Gebetbuch gesehen hat.

Doch das Leben geht weiter. Mauro hat eine Stelle als Hilfsarbeiter auf dem Bau gefunden. Francesco spielt sich als Landherr auf und hat sich inzwischen einen Führerschein gekauft. Auch das Leben der Alten geht weiter, die nun den Leidensweg ihres kranken Gatten zu erdulden hat.

Eines Abends ruft Antonio Lilliu seine Frau, sein Brustkorb zuckt und bebt wie so oft, er atmet nur einen dünnen Luftstrahl wie durch einen Strohhalm ein. Qualvoll nähert er sich dem Nachtschränkchen, um nach dem Fläschchen mit den Tabletten zu greifen. Die Alte taucht gerade noch rechtzeitig auf, um ihm eine davon unter die Zunge zu schieben. Immer auf Messers Schneide. »Immer auf Messers Schneide«, sagt Antonio, als er wieder atmen kann. »Jetzt ist die Zeit gekommen, um die Dinge zu regeln«, sagt er. Seine Frau blickt ihn fragend an: »Was für Dinge regeln?«, auch wenn sie nur allzu gut weiß, was er meint. »Der Besitz«, erwidert der Alte ganz einfach, »der Besitz muss aufgeteilt werden.« Die Alte hört schweigend zu. Sein Vorhaben ist, Mauro die Hälfte des Vermögens zu überlassen. Die Alte presst die Lippen zusammen: Was ist denn das für ein Gerede, davon will sie nichts hören, außerdem sagt der Arzt, dass er auf dem Weg der Besserung ist. »Von wegen auf dem Weg der Besserung«, widerspricht Antonio, »Besserung … Die Dinge müssen geregelt werden«, insistiert er. Antonio gleicht dem Bild Johannes des Täufers, der in der Wüste brüllt, denn die Augen seiner Frau sind wie die

Wüste. Eine Wüste, die in der erstickenden Hitze brät. Ihm ist klar, dass sie nichts versteht. Dann wird ihm klar, dass der Mutterinstinkt aus ihr eine Mörderbestie macht. Und so beschließt er, seinen letzten Willen aufzuschreiben, schwarz auf weiß festzuhalten. Und was ihn das an Kraft kostet, diese paar Zeilen heimlich vor ihr aufzuschreiben! Er muss sich beeilen: Die Augen seiner Frau sind wie die einer kampfbereiten Löwin, die nervös und mit dem Schweif schlagend umherstreift ... Die einzige Möglichkeit ist, dem Priester den Brief anzuvertrauen, damit er ihn dem Notar übergibt. So lässt Antonio den Priester zu sich rufen und übergibt ihm den Brief, während seine Frau in der Küche einen Kaffee zubereitet ...

Zwei Tage vergehen. Aus dem, was Antonio verlauten lässt, begreift seine Gattin, dass etwas faul ist, dass der Alte begonnen hat, die göttliche Gerechtigkeit anzurufen; hin und wieder flucht er auch wegen der Krankheit, die ihn zur Unbeweglichkeit verdammt. Jetzt keucht er schon, wenn er sich nur im Bett aufsetzt. Doch er hält durch.

Francesco lebt sein Leben weiter: Er hat sich vorgestellt, wie der verlorene Sohn zu sein, doch noch vor der Heimkehr, als er noch skrupellos jeden Cent für Vergnügen, Spiel und Weiber verprasst. Er hat sich vorgestellt, dass er irgendwann sowieso mit Asche auf dem Büßerhaupt nach Hause zurückkehrt, zur Mutter, die ihn anbetet, zum Vater, der ihm vergibt ...

Seine Schulden wachsen: Ein Geschäft ist schief gelaufen, da sind die Ratenzahlungen seines Fiat 850 Sport, die Pferderennen, eine schlechte Spielerhand beim Poker, eine Frau vom Festland, die Champagner auf seine Kosten bestellt ...

Und Antonio gibt nicht auf. Ein ganzes Vermögen ist einbalsamiert, blockiert, genau wie dessen Besitzer im Bett.

Mauro hat viel Arbeit. Er ist wie ein Arzt, der die Baukrankheit heilt. Er baut Bauernküchen und Gartenpavillons, Mietskasernen am Meer und Villen in der Stadt. Er verdient nicht schlecht und rückt in den Status eines Maurers auf. Jetzt kann er selbst zwei Hilfsarbeiter beschäftigen und macht sich selbständig: Der Aga Khan hat ein steiniges Gelände entdeckt, hat es gekauft und lässt darauf jetzt Feriendörfer für Reiche mit Luxusjachten bauen ... Das Dorf hat es mit einem Mal satt, ein Dorf zu sein. Backsteine, Zement und Wählerstimmen ... So entsteht eine Stadt. Alle leben im Wohlstand, alle haben ein Auto und ein Haus.

Mittlerweile machen die Gläubiger Jagd auf Francesco Lilliu. Und Antonio Lilliu sagt: »Solange ich noch lebe, siehst du keine Lira.«

Eines Nachts ist seine Atemnot besonders schlimm, Antonio redet wirres Zeugs, die Frau hört mit einem Kloß im Hals zu. Am nächsten Morgen scheint alles vorüber. Antonio ist bester Dinge und hat sogar Appetit. Er setzt sich aufs Bett und isst wie schon seit Monaten nicht mehr. Doch seine Gattin ist zerstreut. Ihr Mann hat heute Nacht im Delirium etwas gesagt, was ihr keine Ruhe lässt. So macht sie sich auf den Weg zur Kirche. Der Priester empfängt sie misstrauisch, auch weil sie sofort zur Sache kommt: »Antonio hat doch wohl nicht die Absicht, sein Testament zu machen?«, fragt sie. Der Pfarrer sieht sie böse an. »Absicht hätte er schon«, antwortet er ausweichend. Die Frau springt auf, sie begreift, dass wenn ihr Gemahl sein Testament machen will, dann bestimmt nicht, um zu wiederholen, was schon klar ist, sondern um etwas zu ändern. Klar ist, dass der Allein-, der Gesamterbe Francesco ist. Wohingegen der Alte Mauro einen sehr viel größeren Teil des

Vermögens zukommen lassen will, als ihm rechtlich zusteht. Das kann sie nicht ertragen, nicht einmal den Verdacht auf so etwas kann sie ertragen. Ignorant und verschlagen, wie Antonio Lillius Frau ist, begreift sie nicht, dass ihr Gatte bereits das getan hat, was sie befürchtet.

So kommt der letzte Akt. Francesco lebt wie ein Gefangener im eigenen Haus, die Gläubiger lauern ihm am Wegrand auf und bereiten die Anzeigen gegen ihn vor. Mauro kommt spät heim, er ist über und über mit weißem Kalkstaub bedeckt und wird immer schweigsamer. Die Alte weicht nicht eine Sekunde aus dem Schlafzimmer des Ehemanns. Sie kennt alles an ihm: die Falte, die seine Stirn zweiteilt, die überdrüssig nach unten gezogene Unterlippe, sie kann sogar die einzelnen Haare seines ungepflegten Barts aufzählen. Sie kennt die Anzeichen der beginnenden Atemnot auf dem erschöpften Leib Antonios; dann tropft ein dünner Speichelfaden aufs Kinn, der Brustkorb beginnt zu beben und die Hand greift ins Leere.

Das Ende ist gekommen: Antonio Lilliu tastet sich zum Arzneifläschchen auf seinem Nachttischchen vor. Seine Frau müsste nur ein ganz klein wenig das Fläschchen zu ihm hinschieben, damit er es greifen kann, doch sie tut es nicht. Sie beobachtet ihren Ehemann im Todeskampf, sie sieht ihm in die Augen, damit er versteht. Er begreift, was Sache ist, und lässt von seinen Versuchen ab. Der Flakon bleibt, wo er ist …

38.
(etwas von diesem Toten begreifen)

»Ich wusste nicht, dass man sich erzählt, seine Frau hat Antonio Lilliu sterben lassen«, stellte der Maresciallo Pili fest, ohne den Alten anzusehen. Wind kam auf. Aus dem Wohnhaus, unter dem sie standen, blitzten hinter den erleuchteten Fenstern Szenen aus dem Leben auf.

»Mauro Mele und Francesco Lilliu haben mit Antonio Lillius Geld eine große Gesellschaft auf die Beine gestellt. Also wie auch immer er zu Tode gekommen ist, es war zumindest zu etwas nützlich«, schloss der Alte und stand auf, um sich zurückzuziehen. »Es wird langsam kalt«, sagte er. »Jedenfalls sind die Dinge so gelaufen, wie sie laufen mussten: Francesco Lilliu wurde Schweinehirt und Mauro Mele arbeitete für sie beide.«

»Aber wie kommt es, dass Ihr diese Geschichte so gut kennt?«, fragte der Maresciallo Pili, als er sah, dass der Alte seine Schritte ins Innere des Hauses lenkte.

Der Alte sah ihn an, wie man ein Kind ansieht. Er hätte auch hundert Jahre alt sein können, aber er hielt sich noch immer auf den Beinen. »Ich habe im Büro des Notars Pirisi gearbeitet, das war derjenige, dem der Pfarrer den Brief übergeben hat.«

Der Maresciallo musste lachen.

Der Alte runzelte die Augenbrauen, die aussahen wie zwei Wattebäusche: »Wenn Sie von diesem Toten etwas begreifen wollen, müssen Sie bei diesem Testament anfangen«, meinte er knapp und schien damit sagen zu wollen, dass es da wenig zu lachen gab.

BAUGESELLSCHAFT MAURO MELE & CO. – bei dieser Dunkelheit hatte der Maresciallo Mühe zu schreiben. Jetzt, da der Alte heimgegangen war, wirkte die ganze Gegend, das ganze Grundstück, das mit wissenschaftlicher Präzision bearbeitet worden war, ziemlich irreal. »Morgen«, sagte er laut zu sich selbst, »morgen wird kontrolliert.« Und nachdem er diesen simplen Plan aufgestellt hatte, fühlte er sich richtig gut, so, wie er sich seit Zeiten nicht mehr gefühlt hatte. Schlimme Sache, denn das bedeutete, dass die Ruhe, dieser Abstand, den er sich verdient zu haben glaubte, in weite Ferne rückte. Er beschleunigte seinen Schritt, beinahe als wollte er sich für das Hochgefühl bestrafen, doch die Füße waren störrisch und traten im gewohnten Tempo den Asphalt, um ihn nach Hause zurückzutragen. Sie wiederholten für ihn: Es wird wieder gelebt.

Als er eintrat, saß Agnese vorm Fernseher. »Ciao«, sagte der Maresciallo leise und strich ihr sanft mit der Hand über den Nacken.

»Wo hast du so lange gesteckt?«, fragte sie.

»Ich war draußen«, sagte er, »ich habe mir die Füße ein wenig vertreten«, fügte er hinzu, da er sah, dass seine Frau keine Miene verzog. »Ich gehe jetzt schlafen«, verkündete er.

Agnese rührte sich nicht, zeigte nicht die geringste Regung.

Mittlerweile war es zehn Uhr geworden. Nicola Pili war allein im Schlafzimmer und führte Selbstgespräche, wie er es seit langem nicht mehr getan hatte.

Das Problem war genau eingegrenzt: Es gab einen Toten und es gab Tatumstände. So klingt das ganz einfach. Der Ort war ein Grundstück, das vor der Bebauung stand; der Tote von Beruf Chemotechniker; die Waffe war nicht die, die man vermutete; die Methode war ebenfalls nicht die, die man vermutete.

Ordnung und Ruhe. Michele Marongiu trug den Namen seines Grundstücks; Michele Marongiu war der Bruder jenes Ettore, der vor einigen Jahren »Selbstmord« begangen hatte; Ettore Marongiu war Tierarzt bei der Comunità Montana. Immer mit der Ruhe. Eins nach dem andern.

Auf der Baustelle wurde bis spät in die Nacht hinein gearbeitet; die Arbeiten waren an das Bauunternehmen Mauro Mele vergeben worden. Mauro Mele war der Sozius von Francesco Lilliu. Und Francesco Lilliu war nicht nur Viehzüchter, sondern auch ein hohes Tier in der Comunità Montana.

Ja und? Immer mit der Ruhe, erst einmal kontrollieren … Die Gesellschaftsform der Firma Mauro Mele & Co. … Die Arbeit von Michele Marongiu … Die Arbeit von Ettore Marongiu … Francesco Lilliu kannte Ettore Marongiu … Immer mit der Ruhe …

»Du bist immer noch wach? Du hattest es doch so eilig, schlafen zu gehen, was ist los?« Unvermittelt ertönte Agneses Stimme im Raum. Nicola Pili hatte sie nicht einmal eintreten gehört.

»Ich habe nur gesagt, dass ich erschöpft bin und mich hinlegen will, nicht dass ich müde bin.«

»In Wirklichkeit hast du nichts gesagt und bist einfach verschwunden.«

»Dann sage ich es dir eben jetzt: Ich bin erschöpft, aber nicht müde und wollte mich einfach hinlegen.«

»Ich weiß schon, was du gerade machst, Nicola.«

»Ach was ...«

»Ach was? Mach nur, was du willst, aber verschaukle mich nicht ...«

»Agné, ich bitte dich ...«

»Ich kenne dich doch, ich kenne dich zu gut ...«

»Also wenn du mich kennst, musst du mich in Ruhe lassen, es hat sowieso keinen Sinn ...«

»Es war zu schön, um wahr zu sein.«

»Um wahr zu sein? Was meinst du damit?«

»Nun, ich wusste, dass du es nicht fertig bringen würdest, Ruhe zu geben.«

»Ich bin dazu nicht in der Lage. Können wir jetzt schlafen?«

»Du hast gesagt, dass du nicht müde bist.«

»Ja, das habe ich gesagt, aber jetzt bin ich müde.«

Still jetzt, ganz ruhig. Ja nicht die Konzentration verlieren ...

»Hör zu, ich will nicht, dass es wieder wie früher wird ...«

»Wie früher – willst du jetzt vielleicht damit aufhören?«

»Ich habe keine Lust, all das noch mal durchzumachen, was ich die letzten Jahre erleben musste.«

In der Dunkelheit des Zimmers klang Agneses Stimme beinahe metallisch. Der Maresciallo Pili streckte die Hand aus, um zu prüfen, ob sie tatsächlich an seiner Seite war.

»Du redest Probleme herbei, wo keine sind. Schlaf jetzt.«

»Du hättest ihm sagen müssen, dass du in Ruhestand gegangen bist ...«

»Wem?«

»Dem Staatsanwalt Corona … Und außerdem hattest du versprochen, auf den Ausflug nach Cascia mitzukommen.«

»Hm, habe ich vielleicht gesagt, dass ich das nicht tue?«

Silentium. Ruhig Blut. Man darf sich nicht aus dem Konzept bringen lassen …

39.
(am Ende des Tages)

Angelo Sanuti sagte, dass es ihm ein Vergnügen gewesen sei, und Salvatore Corona stimmte zu, auch er habe sich wohl gefühlt. Es war spät geworden, nach dem Essen hatte es noch Kaffee gegeben und Verdauungsschnaps und den ganzen Rest. In Coronas Wagen, der vor Sanutis Haus geparkt war, machte sich Verlegenheit breit. Nicht, dass sie beim Abendessen besonders vertrauliche Dinge besprochen hätten, nein, es ging um die Arbeit, Zukunftsaussichten, ein paar Andeutungen zu Politik, Sport usw. Dennoch hatten sie ziemlich intensiv miteinander geredet, ja es herrschte sogar ein gewisser Enthusiasmus. Der Abschied wurde immer problematischer, wie es eben ist, wenn man nicht mit einem Schlag in die jeweilige Einsamkeit zurückkatapultiert werden will. Sanuti packte den Türgriff und spielte ein wenig damit, als wollte er dessen Haltbarkeit ausprobieren. Corona schaute nach vorne: Außerhalb der Windschutzscheibe war jetzt tiefste Nacht. Am Ende des Tages, am Ende dieses Tages war alles, was zu sagen war, gesagt worden.

Sanuti drückte den Türgriff auf und öffnete den Schlag ein Stückchen. Ein Hauch Nordwind drang ins Wageninnere hinein. »Also dann, gute Nacht.«

Corona lächelte schwach: »Gute Nacht. Es war angenehm. Vielleicht gibt es ein zweites Mal.«

Sanuti setzte einen Fuß auf den Boden, ohne jedoch ganz aus dem Auto zu steigen. Er gab sich den notwendigen Ruck, um auszusteigen, doch er tat es nicht. Er holte das Bein wieder herein und schloss die Wagentür: »Da ist etwas, was ich Ihnen noch nicht gesagt habe …«

Corona drehte sich schweigend zu ihm hin, wohl wissend, dass Zustimmung oder Verneinung nicht nötig waren, denn es handelte sich offensichtlich um eine vertrauliche Mitteilung von großer Bedeutung.

»Ich habe Ettore Marongiu gekannt … Früher, meine ich, in Rimini.«

40.

(Angelo, Alma, Ettore)

Ich weiß, dass ich nicht unschuldig daran bin. Ich weiß, dass, wenn die Frau, die du liebst, sich in einen anderen verliebt, das daran liegt, dass du nicht genügend getan hast. Um sie zu halten, meine ich. Um sie davon zu überzeugen, dass ihre einzige Möglichkeit, glücklich zu sein, heißt, mit dir zu leben. Doch man denkt nie an solche Dinge. Alles scheint absolut überschaubar. Alles scheint ganz normal zu laufen. Nur, dass sich ihr Blick Tag um Tag verändert. So geschieht es, wenn deine Frau, die Frau, die du liebst, sich in einen anderen verliebt. Von klein auf an fehlten mir die Worte, ich hatte zwar einen Haufen Ideen im Kopf, doch es fehlten die Worte, um sie auszudrücken. Von klein auf. Ich weiß es. Ich habe sie nicht etwa vernachlässigt oder Ähnliches, wissen Sie, und ich habe es ihr auch an nichts fehlen lassen. Es ist nur, dass man sich nicht ablenken lassen darf. Im Leben darf man sich einfach nicht ablenken lassen. In der Liebe ist das nicht erlaubt. Sie wissen, dass ich keinen leichten Beruf habe. Rimini zum Beispiel ist im Sommer die Hölle, die Schichten sind mörderisch, da gibt's einfach keine normalen Arbeitszeiten. Doch ich will mich nicht herausreden, ich habe es ja gesagt: Es gibt keine Ausreden. Nur dass sie, Alma, für mich einfach alles war. Habe ich mich klar ausgedrückt? Alles. Und ich habe es ihr nie gesagt. Da gibt es keine mildernden Umstände: Ich habe es ihr nie gesagt.

Eines Tages fanden wir auf der Autobahn einen Hund, einen Mischling, und brachten das hilfsbedürftige Hundejunge zur tierärztlichen Ambulanz. Dort stießen wir auf Ettore Marongiu. Ich weiß, dass mit der ersten Sekunde, in der sie sich sahen, alles begann. Er war keineswegs besser als ich und, soweit ich das beurteilen kann, war er nicht einmal schön. Aber was weiß ich denn! Ihr hat er sofort gefallen. Und er hat absolut nichts dazu getan. Um ehrlich zu sein, verhielt er sich sogar eher abweisend und war auch ziemlich arrogant. Sehen Sie, wie es kommen kann? Ein Gesicht, eine Geste, ein Blick können deine ganze Welt auf den Kopf stellen.

In den folgenden Wochen schien alles ganz normal zu sein. Alma sprach zum ersten Mal von Heiraten – wir kannten uns zu dem Zeitpunkt bereits seit fünf Jahren und seit drei waren wir ein Paar. Komisch, nicht? Obwohl alles zu Ende ging, schien alles erst zu beginnen. Und wissen Sie, wie ich reagiert habe? Ich bin erschrocken: »Heiraten?«, frage ich und sage: »Das ist ein großes Wort. Vielleicht sollten wir uns das gründlich überlegen. Ist das überhaupt nötig?« Sie antwortete nicht, sah mich lediglich mit einem ihrer typischen Blicke an – und dafür gibt es wirklich keine Worte.

Jedenfalls änderten sich ab diesem Abend die Dinge grundlegend, ich hatte den Eindruck, als ginge ein Mechanismus kaputt. Können Sie sich das Schweigen vorstellen? Wenn man Angst hat, nichts zu sagen zu haben? Genau so war es. Urplötzlich wuchsen sich die ungesagten Worte zwischen uns zu

Schweigen aus. Unsere zeitlichen Rhythmen fielen langsam auseinander.

Sehen Sie, ich weiß nicht, welche Rolle Ettore Marongiu in all dem gespielt hat, aber eines steht fest: Die beiden trafen sich. Vielleicht hatten sie bereits bei der ersten Verabredung Sex miteinander. Jedenfalls nahmen sie ein Zimmer in einem Stundenhotel in der Gegend von Imola. Was weiß ich schon! So jedenfalls stelle ich sie mir vor: erregt und verstohlen.

Von der Sache bekam ich erst später und rein zufällig Wind. Ich hatte einen Kollegen, der eben in einem Hotel bei Imola eine Person zu überwachen hatte. Er kannte meine Freundin, sie aber erkannte ihn nicht. Nach seiner Schicht kommt er zu mir und fragt: »Habt ihr, du und deine Freundin, euch getrennt?« Und ich sage: »Nein, wieso?« – »Nur so«, meint er dann. »Ich dachte nur ...« Er beendet den Satz nicht. Aber diesen Satz brauchte man auch nicht zu beenden.

Mein Beruf ist es, Leute zum Sprechen zu bringen. Eine Stunde später hatte ich auch schon die Adresse dieses Hotels.

Zu Hause wirkte Alma ruhig, ja beinahe heiter. Es war schier unglaublich, doch sie sah mich an wie immer, und ich wiederholte im Innern: »Du Scheißhure, du ...!« So was kann einen wahnsinnig machen. Ich bin ihnen vielleicht fünf- oder sechsmal gefolgt, habe auf dem Hotelparkplatz gewartet, bis sie fertig waren ... Dann ging ich nach Hause und wartete auf Alma. Sie kam zurück, begrüßte mich wie immer, sah mich an wie immer ...

»Warum erzählen Sie mir diese Dinge?« Corona war sichtlich verlegen.

Sanuti senkte den Kopf. »Ich weiß es nicht«, sagte er und

versuchte ein Lächeln. »Vielleicht, weil wir uns nicht so gut kennen: Wer behauptet, gewisse Dinge könne man nur den besten Freunden erzählen? Manchmal erzählt man ganz einfach und basta.«

Corona setzte sich bequemer hin und öffnete den Sicherheitsgurt. »So also haben Sie den beiden weiter nachgestellt, ohne etwas zu sagen?«

»Noch eine Weile, ja. Ich hatte Angst.«

Corona nickte kurz. »Das versteht sich«, sagte er dann. »Die Wahrheit muss nicht immer die beste Lösung sein.«

»Aber …«, setzte Sanuti an und hielt inne.

»Aber?«, fragte Corona nach.

»Aber eigentlich hat es nicht lange gedauert: Eines Nachmittags bin ich aus dem Auto gestiegen und ins Hotel gegangen. Ich bin ziemlich lang in der Halle sitzen geblieben. Jedes Mal, wenn ich den Aufzug hörte, geriet ich in Panik bei der Vorstellung, dass sie plötzlich vor mir standen. So habe ich mich dann beim Portier als Polizist ausgewiesen und darum gebeten, das Gästeregister zu sehen.

Sie hatten das Zimmer Nummer 233 im zweiten Stockwerk gleich rechts neben dem Aufzug. Ich bin hochgefahren. Als ich ankam, öffnete sich die Zimmertür, noch bevor ich überhaupt klopfen konnte. Alma trat heraus und kam mir entgegen. Der Portier hatte sie von meinem Kommen unterrichtet. Sie war ungekämmt, barfuß und trug auf dem Leib, was sie gerade hatte finden können. Und wissen Sie, was das Komische ist?«

»Was?«

»Das Komische ist, dass wir absolut nichts zueinander gesagt haben, nicht ein einziges Wort. Wir standen uns wortlos in diesem Korridor gegenüber. Ich habe einen Schritt nach vorn gemacht, sie einen zurück, so ging es ein paarmal, bis wir an der Tür waren. Dann hat sie die Augen geschlossen und angefangen, den Kopf zu schütteln. Sie hat sich vor die Tür gestellt, um mir den Eingang zu versperren, und hat den Kopf geschüttelt. Ich hätte sie unter gar keinen Umständen angerührt, aber ich wollte unbedingt in das Zimmer. Dann ist er herausgekommen. Er knöpfte sich das Hemd zu und sagte irgendwas von wegen: Ich wusste ja, dass es früher oder später herauskommen würde. Mir war nicht klar, ob er mit mir oder mit Alma sprach. Wir lieben uns wirklich, sagte er. Wir sind doch alle erwachsen, sagte er. Und ich dachte an eine Menge Dinge, die ich hätte sagen können, aber mir fiel nichts Schlimmes ein. Ich wollte schimme Dinge sagen, wirklich schlimme. Doch ich stand nur da und sah sie an. Dann bin ich weggegangen.

An jenem Abend ist Alma nicht nach Hause gekommen, sie ist nie mehr gekommen, nicht einmal, um ihre Sachen abzuholen. Sie ist nie mehr gekommen …«

»Und ihr habt euch nicht mehr getroffen?«

»Doch, am nächsten Morgen, zwischen den Blechteilen ihres Autos. Ettore Marongiu konnte sich wie durch ein Wunder retten, aber es hat ihn ziemlich übel erwischt.«

»Das tut mir Leid.«

»Daraufhin habe ich gedacht, dass es an der Zeit sei, alle Brücken hinter mir abzubrechen. Ich war zwei Jahre in Pordenone, dann hier … Ist das nicht lustig? Wenn man bedenkt, wo ich gelandet bin … Ist das nicht eine Geschichte, die es wert ist, erzählt zu werden?

Ich komme also hierher, erfahre, dass Ettore Marongiu sich umgebracht hat, und der erste Fall, der mir unterkommt, ist der Mord an seinem Bruder … Komisch, nicht?«

»Traurig ist das …«

41.
(da fängt alles an)

Nach dem Tod des alten Marongiu begannen Michele und Palmira sich heimlich zu treffen: Er war verheiratet, sie noch unbemannt. Sie redeten viel miteinander. Sie vertrauten sich Dinge an und liebten sich. »Wir gehen weg von hier«, versprach er, und sie sah ihn an, ohne etwas zu erwidern. Ihr Schweigen aber drückte aus, dass es nicht angebracht sei, Zukunftspläne zu machen. »Wir gehen weg von hier«, sagte er erneut, »ich habe da ein Eisen im Feuer, und wenn die Sache klappt, sind wir aus dem Schneider.« Palmiras Schweigen verfinsterte sich ein wenig. Er sah sie an und lächelte: »Keine Sorge«, sagte er, »ich weiß schon, was ich tue.« Doch in Palmiras Blick stand etwas Wildes, das ungesagt blieb. Er umarmte sie: »Es wird nicht immer so laufen«, versprach er, »du wirst sehen, alles wird gut.« Für Palmira war all dies derart irreal, dass sie sich selbst manchmal wie aus der Höhe betrachtete, als läge nicht sie neben jenem Mann, sondern eine andere Frau, wer weiß, wer … »Es ist spät«, sagte sie schließlich, »ich muss gehen.« Doch er hielt sie auf, umklammerte ihre Hüften, sagte ihr, dass sie schön sei. Das verschämte sie etwas, doch ein wenig gefiel es ihr auch … »Was heißt hier schön?«, erwiderte sie.

»Alt bin ich! …« Und dann wartete sie darauf, dass er protestierte, den Beleidigten spielte, sie küsste. Nachdem sie Liebe gemacht hatten, wurde sie unruhig, denn das Versteck wurde plötzlich eng und bedrückend … Michele erahnte an Palmiras Blick, der aus dem Fenster hinauswanderte, wie unwohl sie sich fühlte, und setzte sich im Bett auf. Rasch kleidete er sich an, bedeckte sich wie Adam im Paradies, der seiner Nacktheit gewahr wird.

»Wenn ich die Geschichte, die ich an der Angel habe, an Land ziehe«, sagte er, während er sich die Schuhe zuschnürte, »dann ist das ein echter Deal.« Palmira fragte nicht nach, weil sie wusste, dass Michele nicht gern antwortete, und sie wusste auch, dass jede Bitte um Erklärung seinen Enthusiasmus dämpfen würde. Doch am liebsten hätte sie Michele gefragt, was er dann mit seiner Gattin vorhabe. Doch das war keine Frage, die gestellt werden durfte, nicht an jenem Nachmittag, nicht dort, nicht an jenem Ort der Entfremdung, den sie schnellstmöglich verlassen wollte. Wie gewohnt ging er als Erster hinaus und sah sich um. Ihm gefiel es, erst zu kontrollieren, ob alles in Ordnung war, bevor er ihr das Zeichen gab, dass die Luft rein war. Dann ging Palmira hinaus, an ihm vorbei, als würde sie ihn gar nicht kennen, und verschwand am Ende der Gasse. Manchmal blieb er stehen, um den Widerhall ihrer Schritte zu hören, die von der schweren Nachmittagsluft gedämpft wurden. Andere Male flüchtete er in die entgegengesetzte Richtung, kaum war sie an ihm vorübergegangen …

42.
(Verbindungen)

Salvatore Corona und Nicola Pili saßen nach den üblichen Höflichkeitsbezeugungen vor ihren leeren Kaffeetassen, als Angelo Sanuti mit einer Viertelstunde Verspätung in der Bar eintraf. Er hatte eine Menge Entschuldigungen parat: Als der Staatsanwalt ihn zu sich bestellt hatte, hatte er sich wirklich beeilt, doch erst hatte er sich anziehen müssen, und dann dieser Verkehr, wer hätte gedacht, dass der Verkehr in einer so kleinen Stadt so höllisch sein konnte …

Der Staatsanwalt unterbrach ihn mit der Frage, ob er schon gefrühstückt hätte. Noch nicht, bedeutete der Commissario ihm, er wollte einen Kaffee. Der Maresciallo winkte einen Kellner herbei. Kaum hatte Sanuti sich hingesetzt, legte Corona mit den Neuigkeiten los. Der Maresciallo hatte unten auf der Baustelle äußerst interessante Dinge herausgefunden … beispielsweise, dass in der Nacht von Michele Marongius Ermordung die Arbeiten auf der Baustelle weit über die reguläre Arbeitszeit hinaus gedauert hätten.

»Wie lange?«, fragte der Commissario.

»Sehr lange«, antwortete der Maresciallo, »mindestens bis ein oder halb zwei Uhr nachts.«

Der Commissario schärfte seinen Blick. Der Staatsanwalt sagte, dass dies noch nicht alles sei und der Maresciallo wirklich gute Arbeit geleistet habe. So musste Pili erklären, dass MELE & Co. die Auftragsfirma für die Arbeiten war und sich hinter »Co.« Francesco Lilliu verbarg. Die Nachricht ließ den Commissario ziemlich kalt, denn dieser Name war ihm vollkommen unbekannt. Daraufhin erklärte der Maresciallo, dass Lilliu ein Viehzüchter aus der Gegend sei und ein entschieden dreistes Geschäftsgebaren an den Tag legte. Wie die Zeitungen berichteten, solle ihm wegen der Schweinepest, die sein Vieh dahinraffte, das Wasser bis zum Halse stehen. Und das sei nicht das erste Mal, fügte der Staatsanwalt hinzu. Mit einer Handbewegung forderte er mehr Aufmerksamkeit. Der Commissario, der Staatsanwalt und der Maresciallo im Ruhestand steckten die Köpfe zusammen: Gegen Francesco Lilliu würde bald wegen gewisser Betrügereien zum Schaden der Europäischen Gemeinschaft ermittelt, und zwar ausgerechnet die letzte Schweinepestepidemie betreffend.

»Verstehen Sie?«, fragte Corona.

Doch der Commissario verstand nicht. Beispielsweise war ihm unklar, was dieser Michele Marongiu mit der ganzen Geschichte zu tun hatte …

»Genau das herauszufinden ist Ihre Aufgabe«, brauste der Staatsanwalt auf, »mittlerweile haben wir einen Toten, eine Baustelle, eine Firma …«

»Und da wäre auch noch der Fall Ettore Marongiu«, ergänzte der Maresciallo. Sanuti und Corona warfen einander einen Blick zu.

»Die Comunità Montana«, erläuterte der Maresciallo. »Ettore Marongiu bekam die Stelle dort dank Lillius Beziehungen …«

Der Commissario lachte nervös: »Sind das Annahmen oder Fakten?«

Der Maresciallo machte eine unwirsche Bewegung.

Corona versuchte eine Erklärung: »Es sind Annahmen, aber auch Tatsachen, denn in der Comunità Montana geschieht nichts ohne Lillius Zustimmung. Ja, nehmen wir mal an, dass es so ist: Haben wir ein Dokument, ein Verhörprotokoll, eine Telefonaufzeichnung, einen Zeugen, der das bekräftigt?«

Der Maresciallo schüttelte den Kopf: »Wir müssen uns ein Bild von der Lage machen, damit wir darauf aufbauen können.«

Jetzt blickte Sanuti ihn finster an: »Bei allem Respekt«, sagte er, »aber ich begreife nicht, was Ihre Funktion bei dieser Ermittlung sein könnte …«

Corona kam dem Maresciallo zuvor: »Ich bitte Sie, den ehemaligen Maresciallo Pili als engen Mitarbeiter von mir zu betrachten.«

Sanuti rieb sich das Gesicht mit beiden Händen.

»Es wird alles gut gehen«, sagte der Staatsanwalt.

Sanuti schüttelte den Kopf: »Nein, das geht nicht gut, nichts wird gut gehen, eine Ermittlung dieser Art habe ich noch nie durchgeführt … Wie auch immer, die Entscheidung liegt bei Ihnen. Was ist meine Aufgabe?«

»Ich will wissen, woran Michele Marongiu gerade arbeitete.«

Was für ein Durcheinander! Sanuti schüttelte den Kopf, als hänge sein Hals an einem Haken. »Und die Sache mit dem Anzug?«, fragte er.

»Zu diesem Zweck lassen wir den Leichnam exhumieren:

Dann sehen wir, ob der Tote den Anzug anhat oder nicht. Wenn nicht, heißt das, dass sie ihn ihm abgenommen haben.«

Sanuti sah erst zu Corona, dann zu Pili. Endlich war ihm klar, was ihn so sehr störte: die Leichtigkeit, mit der die beiden Verbindungen herstellten, Verbindungen, die für den Augenblick an den Haaren herbeigezogen schienen. Er sagte es ihnen.

Der Maresciallo wartete ab, dass Corona etwas entgegnete. Doch Corona entgegnete nichts. »Gut«, sagte er stattdessen, »dann überprüfen wir also, was wir haben.«

Sanuti rutschte auf dem Stuhl hin und her und wollte eigentlich sagen, dass eine Bar wohl nicht der richtige Ort für eine solche Diskussion war. Doch schließlich setzte er sich einfach nur bequemer hin und winkte ab: »Wir haben nichts, weniger als nichts.«

Corona nickte verständnisvoll: »Gibt es Ergebnisse von der Untersuchung der verbrannten Unterlagen, die wir im Hause von Michele Marongiu gefunden haben?«

Sanuti antwortete, dass er jeden Augenblick damit rechnete.

Pili hielt den Atem an: »Das ist der richtige Weg«, sagte er.

»Welcher?«, fragte Sanuti und es klang wie ein Hilferuf.

»Der, von dem wir zuvor gesprochen haben«, erklärte Pili geduldig, »ich für meinen Teil habe noch nie an bloße Zufälle geglaubt. Hier ist etwas Großes im Busch. Lilliu steckt in Schwierigkeiten, finanzieller Art meine ich. Michele Marongiu wird tot auf der Baustelle von Mele aufgefunden. Und Mele und Lilliu sind Partner – das sind die Fakten.«

»Außerdem gibt es eine Person, die Lilliu in noch größere Schwierigkeiten stürzen will und eine Diskette ans Gericht schickt, auf der die Daten seiner Schwarzbuchhaltung stehen.

Dann ist da noch Raffaele, der jüngere Bruder von Michele Marongiu, der vorbestraft ist – zwar nur harmloses Zeug, doch gewiss ist er kein Heiliger«, ergänzte der Staatsanwalt.

»Also, wie würdet ihr diese Angelegenheit sehen?«, fragte Sanuti noch einmal. Aus unerfindlichen Gründen entdeckte er nach und nach einen gewissen Zusammenhang in der ganzen Sache.

43.
(er sah vor sich hin)

Sanuti hatte eine Frage gestellt und erwartete jetzt die Antworten der beiden. Doch er sah vor sich hin; inmitten des etwas trägen Hin und Her des Lokals. Er sah vor sich hin und Corona und Pili waren in Großaufnahme, wenn auch etwas verschwommen, in sein Blickfeld geraten. Der Bildausschnitt hinter ihnen war dagegen außerordentlich klar. Das Licht veränderte sich, als würden sich Tag und Nacht dort draußen am Himmel eine Schlacht liefern. Vielleicht sagte Corona jetzt etwas. Er sah erst ihn an, dann Pili. Doch Sanuti verabschiedete sich gerade von einem Gedanken, möglicherweise von einer Erinnerung. Denn das außergewöhnliche Licht, das durch die Scheiben der Bar eindrang, hatte ihn plötzlich an einen anderen Ort versetzt. Vielleicht war es auch ein besonderer Geruch, das Parfum irgendeines Passanten. Oder eine Geste, die er aus dem Augenwinkel gesehen hatte. Er sah vor sich hin. Im Stillen fragte er sich, was ihn wohl auf den Gedanken gebracht haben mochte, der ihm gerade im Kopf herumschwirrte. Das Komische war, dass er nicht einmal richtig wusste, was der bei dieser Sache für eine Rolle spielte. Es war kein Gedanke, der einem normalerweise während eines Arbeitsgesprächs kam, auch wenn dasselbe in einer Bar stattfand. Er dachte an Alma, genauer gesagt war ihm ein ganz besonderer Tag eingefallen: nämlich als sie zu ihm gesagt hatte, dass sie ihn lieben könnte. Es war kein Tag wie dieser, aber es war dasselbe Licht gewesen. Und das Licht hatte einen Abgrund in ihm aufgetan. Jetzt war es ihm möglich, sich selbst in genau dem Moment zu sehen, als ihn die Gewissheit überkam, dass er sie liebte, vor allem anderen.

Der Augenblick, bis er sich ihr genähert hatte, hatte eine Ewigkeit gedauert, und sie war nett zu ihm gewesen. Dann hatte er es tagelang so eingerichtet, dass er immer dort aufgetaucht war, wo sie war. Als hinge sein Leben davon ab, dass er sie täglich sehen konnte. Sie schien geschmeichelt, tat aber so, als störte es sie. »Sieh mal, ich bin eigentlich vergeben«, hatte sie zu ihm gesagt. Er hatte nur schwach gelächelt, als hätte sie etwas völlig Nebensächliches geäußert. »Vergeben? Ja stimmt, an mich für die nächsten hundert Jahre.« Sie hatte lachen müssen und gemeint: »Wo hast du diesen Spruch her, aus einem schlechten Film?« Zum Teufel noch mal, und dennoch funktionierte er immer. Er hatte überlegt, was er noch zu ihr sagen könnte, als auch schon ihr Freund auftauchte. Er war sehr braun gebrannt, sehr muskulös, sehr blond und sehr lockig. Alma hatte ihn hingebungsvoll geküsst. Und er hatte ihnen nachgesehen, wie sie Arm in Arm weggegangen waren: »Das tut sie, um mich eifersüchtig zu machen«, hatte er zu sich selbst gesagt.

Als sie sich das nächste Mal begegneten, schien sie nicht mehr so offen ihm gegenüber: »Du musst damit aufhören«, hatte sie zu ihm gesagt. Er hatte sich ein Lächeln abgerungen und gefragt: »Was hat er denn, was ich nicht habe?« Alma hatte ihn angesehen, als glaubte sie, nicht richtig gehört zu haben. »Du bist völlig durchgeknallt«, hatte sie gesagt. »Was hat er denn?«, beharrte er. Jetzt war Alma ehrlich überrascht: »Was erwartest du von mir? Soll ich die Polizei rufen?« Er hatte sie bloß kurz angesehen und dann seine Marke aus der Tasche gezogen: »Ich bin die Polizei. Siehst du, wir sind füreinander geschaffen.«

»Nehmen wir an …«, begann Corona, »… nehmen wir an, dass Michele Marongiu …« Dann hielt er inne, um Pili anzusehen, und beugte sich zu Sanuti hinüber.

»Commissario?«

Sanuti zuckte zusammen. »Ja?«, erwiderte er. »Ich folge Ihnen«, log er.

Das Licht im Innern des Lokals war mit einem Mal trüb geworden.

44.

(nehmen wir an, dass)

»Nehmen wir an …«, begann Corona von neuem, »nehmen wir an, dass Michele Marongiu für Francesco Lilliu arbeitete.«

Sanuti griff forsch ein: »Das ist ausgeschlossen, es existiert nicht einmal ein Mitarbeitervertrag, ich habe seine Unterlagen gründlich durchfilzen lassen. Wir wissen, dass er seit sieben Jahren im Untersuchungslabor angestellt war … Ich erinnere mich jetzt nicht mehr an den Namen, den habe ich in meinem Büro …«

Pili: »Und dieses Labor hat noch nie für das Unternehmen von Francesco Lilliu gearbeitet?«

Sanuti: »Das kann ich nicht wissen …«

Corona: »Ich behaupte, doch, Ettore Marongiu war Tierarzt bei der Comunità Montana, Francesco Lilliu war ein hohes Tier bei der Comunità Montana … Sollen die ihre Untersuchungen etwa anderen Laboratorien in Auftrag gegeben haben?«

Sanuti: »Was hat das damit zu tun, dieses Labor war für Humananalysen zuständig …«

Pili: »Sind wir uns da so sicher?«

Sanuti: »Nein, wir sind uns nicht sicher, aber es ist wahrscheinlich, dass die Comunità Montana sich an ein Fachlabor für Veterinärmedizin gewandt hat.«

Corona: »Das ist möglich … Aber ob vom Mensch oder vom Tier, Blut ist Blut und auf Michele Marongius Leichnam hat man Schweineblut entdeckt …«

Sanuti: »Das ist so wahrscheinlich wie der ganze Rest.«

Corona: »Suchen wir bei ihm zu Hause nach.«

Sanuti: »Das bringt nichts, in Michele Marongius Wohnung gibt es rein gar nichts, abgesehen von den verkohlten Dokumenten.«

Corona: »Vielleicht hatte er noch einen anderen Ort.«

Sanuti: »Wir sollten seine Ehefrau dazu befragen, doch ich hatte den Eindruck, dass sie uns gegenüber nicht besonders aufgeschlossen ist.«

Pili: »Dann müsste man noch herausfinden, wen Lilliu in den Dreck ziehen will. Für mich liegt da des Rätsels Lösung.«

Corona: »Ja, wir müssen im Postamt vorbeigehen und sehen, ob der Postbeamte sich noch an ein Päckchen erinnert, das ans Gericht adressiert war.«

Pili: »Darum kümmere ich mich.«

Corona erhob sich mit einem Ruck und sagte, es sei schon spät. »Ich habe eine Verabredung mit Pierallis«, verkündete er, »wünscht mir Glück.«

45.
(Differenzen)

»Du bist sauer, weil du schlecht geschlafen hast, man sieht's dir an.« Pierallis hatte einen väterlichen Tonfall angenommen.

»Nein, ich bin sauer, weil du mich nicht zu Ende bringen lässt, was ich angefangen habe!« Corona klang leicht verstimmt.

»Trotzdem hast du heute Nacht schlecht geschlafen.«

»Ja, ich habe wenig geschlafen, aber was hat das damit zu tun?«

»Das hat sehr wohl damit zu tun, denn jedes Mal, wenn du wenig geschlafen hast, bist du hinterher unerträglich, denkst nicht nach und redest unflätig. Schau, falls du es noch nicht begriffen hast, das mit der Schweinepest ist eine große Sache, das kann ich doch nicht irgendjemandem anvertrauen, Salvatò. Dafür brauche ich dich … Den Fall Marongiu kann Piroddi übernehmen. Ihr trefft euch, du erklärst ihm, was ihr bislang herausgefunden habt, wie ihr vorgegangen seid eben, und dann will ich dich bei diesem Fall haben … Lilliu ist ein harter Knochen. Begreif doch endlich!«

»Was soll ich begreifen?«

»Dass ich in einem Jahr, so Gott will, in Pension gehe …«

»Ja und?«

»Ist gut, du willst dich also dumm stellen.«

»Ja und?«

»Und? Lass dieses Gehabe sein, sonst kriegst du meine Faust im Gesicht zu spüren, das schwör ich dir.«

Corona musste lachen. »Meinst du das im Ernst?«

»Verdammte Scheiße, Salvatò, du kannst einen richtig auf die Palme bringen. Verzieh dich. Piroddi ist schon benachrichtigt, ihr trefft euch und damit hat es sich.«

»Hör zu, machen wir es so: Du lässt mir noch zwei Tage Zeit, und wenn ich nichts herauskriege, treffe ich mich mit Piroddi …«

»Ich kann nicht zwei Tage warten, ich habe Lilliu einen Ermittlungsbescheid zugestellt.«

»Das war eigentlich nicht so eilig.«

»Und ob! Hör mir zu, diesen Hinweis kann ich nicht ignorieren. Ich habe Fachleute darauf angesetzt und die haben gesagt, es handelt sich um eine authentische Bilanz, es geht um Milliardenbetrug, um illegale Gewinne … Ich kann nicht zwei Tage warten.«

»Das solltest du aber besser, denn es besteht die Möglichkeit, dass das Verbrechen Marongiu und die Angelegenheit Lilliu mehr miteinander zu tun haben, als es scheint.«

»Ich weiß, was du im Schilde führst!«, brüllte der Oberstaatsanwalt. »Du versuchst mir meinen Lebensabend zu ruinieren. Kannst du das beweisen, was du da sagst?«

»Ich bin dabei, aber dazu brauche ich dich auf meiner Seite.«

Pierallis ließ sich auf den Stuhl fallen: »Erzähl mir alles«, gab er sich geschlagen.

46.

(was wir schon immer wissen)

Die Wahrheit beispielsweise, die sich verstellt, die sich nur Stück um Stück entblößt wie eine unerfahrene, etwas ungeschickte Stripteasetänzerin. Wie eine Frau, die es sich im letzten Augenblick doch anders überlegt …

Wir wissen, dass es ein Geben und Nehmen ist.

47.
(sprechen Sie ins Mikrofon)

Im Postamt sah es jetzt nach der Renovierung aus wie in einer Bank. Der Maresciallo Pili steuerte auf den Schalter zu, vor dem die kleinste Schlange stand. Tag der Rentenauszahlung, sagte er sich, mit Blick auf die wartenden Menschen vor den verschiedenen Kassen. Es waren sehr viele, alle schon älter, so wie er irgendwie. Doch er ließ sich die Pension nicht bar ausbezahlen, sondern aufs Girokonto überweisen. Er hatte keine Lust, sich jeden Monat dem Ritual der Rentenauszahlung zu unterziehen. Nein, dazu hatte er ganz gewiss keine Lust. Als er an der Reihe war, beugte er sich so weit zu der Trennscheibe, dass er sie fast mit dem Mund berührte.

»Sprechen Sie ins Mikrofon«, forderte der Postangestellte ihn auf. Dieser hatte jenen resoluten Gesichtsausdruck, als könnte ihm jeden Moment der Geduldsfaden reißen. Doch vielleicht rührte dieser Eindruck auch von der metallischen Wiedergabe des Lautsprechers auf der Außenseite des Glaskastens her, in den er eingeschlossen war.

»Ich brauche eine Auskunft«, sagte der Maresciallo auf der Höhe des Mikrofons, das an der Scheibe befestigt war.

»Für Auskünfte, dritte Tür links«, bellte der Angestellte.

Der Maresciallo spürte allmählich das Gewicht der Wartenden in seinem Rücken. »Es geht um eine Ermittlung«, sagte er die Stimme senkend.

Der Angestellte schaute perplex. »Wie bitte?«, fragte er. »Sprechen Sie ins Mikrofon«, ermutigte er ihn, den Kopf schüttelnd.

»Eine Ermittlung«, wiederholte der Maresciallo jede Silbe betonend.

Dieses Mal schien der Postangestellte verstanden zu haben, was Sache war. Doch das hinderte ihn nicht daran, seinen fast völlig desinteressierten Blick beizubehalten. Unterdessen wuchs die Schlange hinter dem Maresciallo.

»Ich habe hier die Daten eines versicherten Einschreibebriefs, der von diesem Postamt aus abgesandt wurde … Ich frage mich …«

Er konnte den Satz nicht beenden.

»Es ist wirklich besser, wenn Sie sich an den Direktor wenden«, unterbrach ihn der Mann hinter dem Schalter in scharfem Ton und sein Blick wanderte bereits zu der älteren Frau hinter dem Rücken des Maresciallos.

Pili verharrte noch einige Sekunden und sah ihn an. Dann tat er einen Schritt, um aus der Warteschlange herauszutreten. Er hatte den Oberkörper noch nicht nach außen gedreht, als die Alte hinter ihm sich auch schon zum Mikrofon beugte.

48.
(eine bestimmte Ahnung)

Der Anruf vom Ermittlungsdienst erreichte Sanuti genau in dem Augenblick, als er im Begriff war, auf die Toilette zu gehen. Der Commissario riss den Hörer in die Höhe, fest entschlossen, das Telefonat nicht länger als ein paar Sekunden dauern zu lassen. Sein *pronto* kam so barsch, dass der zuständige Inspektor am anderen Ende der Leitung erst ein paar Sekunden Zeit brauchte, bevor er den Mund aufkriegte und sagte, was er zu sagen hatte. Und zwar, dass es ihnen gelungen war, den Text auf den verkohlten Papieren, die sie im Hause von Maddalena Marongiu gefunden hatten, zu entziffern.

Sanuti hörte schweigend zu. Auf seinem Gesicht zeichnete sich immer größere Verwunderung ab. Unglaublich, was er da hörte, war einfach unglaublich. Leicht beunruhigt fragte er nach: »Tatsächlich, das stand darauf?«

Der mit der Untersuchung beauftragte Inspektor versicherte ihm, dass es keine Zweifel gab.

Rasch verabredeten sie sich: »In fünf, sagen wir besser zehn Minuten in meinem Büro«, stieß Sanuti rasch heraus, bevor er zum Klo rannte. Das sind Sachen, die einem nur im Kindesalter passieren, du musst dringend Pipi machen und genau dann klingelt das Telefon.

Jetzt stand er endlich vor der Kloschüssel und fragte sich: Was hat Palmira Canepa eigentlich damit zu tun? Was hat sie mit den medizinischen Gutachten zu tun – denn um solche handelte es sich zweifelsohne –, die in der Wohnung von Maddalena und Michele Marongiu in verkohltem Zustand gefunden worden waren?

Der Inspektor vom Ermittlungsdienst war nicht ganz so jung, wie er am Telefon geklungen hatte. Als Sanuti sich die Hände trocknend ins Büro zurückkam, war er bereits mit einer gelben Sammelmappe in der Hand zur Stelle.

»Also, kommen wir gleich zur Sache«, sagte der Commissario, während er hinter seinem Schreibtisch Platz nahm. »Setzen Sie sich.«

Der Inspektor setzte sich.

»Wir haben hart arbeiten müssen«, fing er an, um hervorzukehren, dass die Ermittlungsergebnisse nicht ohne Schweißtropfen zustande gekommen sind. »Wir haben Blatt für Blatt abgelichtet, wir haben die Papiere in den Scanner eingelegt und mit Ultraviolettstrahlen beschossen, dann haben wir sie ein wenig gesäubert … Eine Präzisionsarbeit war das«, sagte er abschließend.

Sanuti sah ihn kommentarlos an in Erwartung, die Ergebnisse mit eigenen Augen zu sehen.

Der Inspektor zog ein Blatt Papier aus seiner Mappe und reichte es dem Commissario.

Sanuti nahm es vorsichtig entgegen und warf dem Inspektor noch einen Blick zu, bevor er auf das Blatt schaute: »Schwanger«, sagte er fast wie zu sich selbst. »Im dritten Monat schwanger, könnte man sagen.«

Der Inspektor bestätigte seine Worte mit einem Kopfnicken. »Doch das ist noch nicht alles«, fügte er hinzu und zog ein weiteres Papier aus seiner Mappe, »es waren zwei Dokumente, ein Brief war auch dabei. Sehen Sie sich die Unterschrift an.«

Sanuti sah sie sich an: *Ettore Marongiu.*

Was der Inspektor als Brief bezeichnet hatte, war kaum größer als eine Notiz, deren Datum zwei Jahre zurücklag. Sie besagte, dass dank der rechtzeitigen Vorbeugungsmaßnahmen die Schweinepest im Betrieb von Francesco Lilliu so gut wie ausgemerzt worden war ... Dann folgte die Unterschrift ...

»Begreifen Sie das?«, fragte der Inspektor, als er vermutete, dass Sanuti zu Ende gelesen hatte.

Sanuti ließ sich etwas Zeit, bevor er antwortete. Dann nickte er.

»Palmira Canepa schwanger?«, fragte der Staatsanwalt Corona. Der Ton seiner Frage verriet nicht eindeutig, ob er überrascht oder einfach nur verwirrt war. »Das macht keinen Sinn«, platzte er schließlich heraus, als er sah, dass Sanuti keine Reaktion zeigte.

»Und wenn wir einen Beweggrund gefunden haben?«, fragte der Commissario unerwartet.

Corona sah ihn an, wie man einen Irren ansieht. »Einen Beweggrund wofür?«, drängte er.

»Einen Grund für den Tod von Michele Marongiu. Was halten Sie von einer außerehelichen Beziehung, einer eifersüchtigen Ehefrau, einem Ehepaar, das keine Kinder bekommen kann?«

»Was ich davon halte?«, nahm sich Corona Zeit.

»Nun, wie sonst ließe sich erklären, dass dieser Befund verkohlt im Hause Michele Marongius aufgefunden wurde. Es ist möglich, dass er selbst diese Untersuchung gemacht hat …«

»Ja, und dann hat er den Bescheid mit nach Hause genommen?«

»Hm, vielleicht hat er ihn in der Tasche gehabt, vielleicht wollte er die Canepa treffen, aber die Ehefrau hat das Dokument abgefangen. Es gibt ja so Frauen, die nachts in den Taschen ihrer Männer wühlen. Ich sehe die Sache so: Michele Marongiu kommt nach Hause, legt sich schlafen, die Frau findet das Papier, begreift, dass ihr Mann fremdgeht und obendrein die Betreffende geschwängert hat, sie bringt ihn um …«

»Ja, nehmen wir das an, doch was ist mit der Leiche, der ganzen Inszenierung …«

»Darauf kommen wir noch … ich habe da eine bestimmte Ahnung.«

»Es ist ja nicht gesagt, dass Michele Marongiu die Analyse für seine Geliebte gemacht hat.«

»Darauf könnte ich wetten, was auch immer Sie wollen.«

»Ich wäre da nicht so sicher: Michele Marongiu und Palmira Canepa waren praktisch wie Geschwister. Es ist wahrscheinlich, dass ein anderer sie geschwängert hat und sie dann eine Person ihres Vertrauens gebeten hat, für sie mit Diskretion diese Untersuchungen machen zu lassen.«

»Ja, aber aus welchem Grund wurde der Bescheid verbrannt? Warum sich in Schwierigkeiten bringen?«

»Was genau denken Sie?« Coronas Frage verriet, dass er Angst vor der Antwort hatte.

»Ich denke an Mariangela Marongiu …«

49.
(der General laut Ettore)

Sie wurde »General« genannt, auch mein Großvater rief sie so. Sie war eine schreckliche Frau, schön und schrecklich ... Meine Mutter musste man einfach gesehen haben: Mariangela Mulas Marongiu. In diesem Namen lag bereits alles, in diesem Stand, den sie mit Zähnen und Klauen an sich gerissen hatte. Uns gegenüber war sie immer liebevoll gewesen, doch diese Liebe hatte etwas Grausames. Das ist kein Alibi, abgesehen davon werden wir das, was wir sind, aufgrund einer Unmenge unterschiedlichster Faktoren. Meine Mutter war einer dieser Faktoren. Sie wollte nicht, dass wir auch nur irgendetwas im Haus taten: Bei Tisch bediente sie, die Wäsche wusch sie, die Zimmer räumte sie auf. So mussten wir essen und anziehen, was sie uns sagte. So konnte man nicht das kleinste Geheimnis haben. Mein Bruder Michele verließ das Haus, sobald er dazu in der Lage war. Raffaele war noch zu klein. Ich studierte ...

Eines Tages äußerte die Frau meines Bruders meiner Mutter gegenüber den Verdacht, dass Michele eine Geliebte habe. Meine Mutter hörte auf sie. Es war kurz vor Weihnachten, mein Vater lebte noch, doch er war bereits erkrankt. Die Nachricht machte blitzschnell die Runde bei uns zu Hause.

Zwischen Michele und der Mama herrschte kein gutes Verhältnis, doch das hing damit zusammen, dass die beiden einander zu ähnlich waren. Anstatt ihn hart anzugehen und ihn wegen dem, was man sich so erzählte, zur Rede zu stellen, beschloss sie, zu einem anderen Mittel zu greifen …

Am Heiligabend waren wir alle zu Hause versammelt, das Abendessen war angerichtet. Die gesamte Aufmerksamkeit meiner Mutter galt Maddalena, meiner Schwägerin. Das war für alle äußerst merkwürdig. Ja, das war es, denn meine Mutter hatte dieser Frau gegenüber noch nie eine besondere Zuneigung gezeigt. An jenem Abend aber schienen sie Herzensfreundinnen zu sein, die durch einen unverbrüchlichen Pakt aneinander gekettet waren.

Michele kam zu spät. Wir saßen alle schon bei Tisch. Er trat mit einem Blumenstrauß ein und reichte ihn meiner Mutter. Sie nahm ihn nicht entgegen. Er stand da und sah sich um. Natürlich spürte er, dass etwas in der Luft lag. Etwas, das ihn betraf. Ich versuchte ihm zuzulächeln, ihm ein Zeichen zu machen, doch das verstärkte seine Aufregung nur noch mehr: »Ist etwas passiert?«, fragte er. Keiner sagte ein Wort.

Daraufhin erhob sich meine Mutter von ihrem Stuhl und ging auf Michele zu. Sie ohrfeigte ihn vor allen, dann ging sie wieder an ihren Platz und drückte ihrer Schwiegertochter die Hand.

Michele rührte sich zuerst nicht, so absurd kam ihm das vor, was gerade geschah. Ihm fehlte jegliche Kraft, etwas zu sagen. Nach einigen Sekunden erst fragte er meine Mutter …

»Warum?«

»Du weißt schon, warum.«

»Nein, ich weiß es nicht.«

»Wegen dem, was sich die Leute erzählen.«

»Und was erzählen die?«

»Dass du eine andere hast, sagen sie. Und wenn die Leute einmal reden ...«

»Was ... ich ... Maddalena ...«

»Es ist sinnlos, dass du dich vor mir verstellst ... Solche Geschichten gibt es einfach nicht in meinem Haus ... Nicht einmal den bloßen Verdacht dulde ich!«

Diese Worte waren der Stein, unter dem das Thema auf immer und ewig begraben blieb. Seltsam war, dass meine Mutter Michele befahl, sich zu Tisch zu setzen, und er es auch tat. Schweigend aßen wir. Michele hat nach jenem Abend nie wieder seinen Fuß ins Haus gesetzt. Nein, stimmt nicht, kurz bevor mein Vater starb, kam er noch einmal.

So also ist meine Mutter.

Michele und ich haben Gelegenheit gehabt, über die Geschichte zu reden, und er hat immer darauf bestanden, dass dieser Verdacht völlig unbegründet war. Ich glaube, dass er nicht log.

50.
(jenes Gesicht)

Raffaele Marongiu stand vor dem Staatsanwalt Corona und knetete seine Hände. Der Maresciallo Pili war gebeten worden zu bleiben. Er trat nun zur Seite und behielt die Tür im Auge.

Salvatore Corona versuchte es mit einem Kunstgriff: Er erklärte dem jungen Mann, der Postbeamte habe ihn wiedererkannt. Beim Verhör mit dem Maresciallo Pili habe er keine Zweifel geäußert: Vor höchstens fünf Tagen habe ein junger Mann bei ihm einen versicherten Einschreibebrief ans Gericht in Nuoro aufgegeben. Und dieser junge Mann sei er gewesen. Raffaele widersprach, der Beamte müsse sich täuschen, er sei *nie* im Postamt gewesen. Der Staatsanwalt hakte sich daraufhin an diesem *Nie* fest.

Nie, gar nie? Und Raffaele entgegnete: Was hat das damit zu tun. Natürlich war ich schon einmal dort, aber nicht in letzter Zeit.

Der Staatsanwalt meinte, die Angelegenheit ließe sich im Handumdrehen lösen: Waren einmal die Fingerabdrücke der Fachleute aus der Ermittlungsabteilung abgezogen, konnte immer noch festgestellt werden, ob seine Fingerabdrücke auf der Diskette waren.

Raffaele beugte sich mit gesenktem Kopf nach vorne. Er sagte, dass er diese Diskette eventuell berührt haben mochte, aber er habe sie nicht verschickt.

Corona ging in die Knie, so wie man es bei Hunden macht, wenn man ihnen ins Gesicht schauen will: »Du hast sie angefasst, aber du hast sie nicht verschickt«, wiederholte er.

Raffaele bestätigte das.

»Dann weißt du also, wer sie verschickt hat«, schlussfolgerte der Staatsanwalt trocken.

Raffaele verbarrikadierte sich hinter einem beharrlichen Schweigen. Es dauerte Minuten. Corona schmerzten allmählich die Gelenke, denn er kauerte noch immer vor dem Jungen. »Also, was ist?«, fragte er.

Raffaele verneinte kopfschüttelnd, doch es war nicht sehr überzeugend, wie man leicht erkennen konnte. »Ich weiß nicht, wer sie verschickt hat«, sagte er.

Der Staatsanwalt erhob sich und hörte, wie seine Kniegelenke knackten. Ihm blieb nichts weiter übrig, als ihn vorläufig festzunehmen, ein paar Tage in der Zelle und sein Gedächtnis würde mit Sicherheit wieder zurückkehren … »Das, was du uns verschweigst, bringt dich hinter Gitter«, sagte der Staatsanwalt ganz langsam. »Du bist vorbestraft, deine Lage ist nicht gerade rosig.«

51.
(das, was er nicht sagt)

»Es ist eine große Sache«, hatte Costantino gesagt.

»Du solltest mit Letizia darüber reden«, hatte Raffaele ihm geraten.

»Ja, und dann lässt sie uns das File löschen.«

»Es ist eine heikle Sache, die etwas mit ihrem Vater zu tun hat, sie sollte davon erfahren. Es verstößt gegen die Regeln, allein zu agieren.«

»Es ist nicht meine Schuld, wenn es mir gelungen ist, in die Bilanzen der Comunità Montana einzudringen. Außerdem sind es die Konten von Lilliu, was hat Mauro Mele damit zu tun?«

»Sie sind Partner. Ich habe letztes Jahr einige Monate auf Meles Baustellen gearbeitet, weißt du noch?«

»Doch, ja und?«

»Also, angestellt hat mich Lilliu. Sie sind Geschäftspartner, sie müssen aber auch Verwandte sein.«

»Was soll's, umso besser! So kann ich's dieser Scheißkuh heimzahlen ...«

»Wem?«

»Letizia, ich zahl's ihr heim.«

»Was heimzahlen?«

»Das ist meine Sache, erst lässt sie sich beschnuppern und dann ... Der zahl ich's heim.«

»Pass auf, das ist gefährlich.«

»Also schicken wir es ab?«, hatte Costantino gefragt. »Ich geh zur Post und mach ein nettes Päckchen. Ich mach's allein, du brauchst nicht mitzukommen«, hatte er genau zu dem Zeitpunkt verkündet, als der liebe Gott seinen Spaß mit dem Sonnenuntergang hatte. »Der da oben hat seinen Spaß mit dem Sonnenuntergang«, meinte Costantino dann auch.

52.
(der geheime Ort)

Palmira weinte. Sie saß vor dem Commissario und weinte. Sie gestand, dass sie und Michele ein Verhältnis miteinander gehabt hatten, und auch, dass diese Verbindung Früchte getragen hatte. Sie sagte, es sei einfach so passiert, ohne dass es einer von ihnen darauf angelegt hätte; es habe sich einfach so ergeben, nach dem Tod des alten Marongiu. Sie hätten Zukunftspläne gehabt, sie und Michele. Sie wollten weg von hier. Wollten irgendwo an einem anderen Ort von vorne anfangen, doch dazu brauchten sie Geld. Viel Geld.

»Und wo wollte er das viele Geld auftreiben?«, fragte Sanuti.

Palmira schüttelte den Kopf, sie behauptete, es nicht zu wissen. Dann fing sie wieder an zu weinen, denn es war furchtbar gewesen, die ganze Zeit über die Tränen für sich behalten zu müssen. Zu wissen, dass Michele tot war, und nicht mal um ihn weinen zu dürfen. Er habe gesagt, dass er fast am Ziel sei und seine Geschäfte liefen.

»Was für Geschäfte genau?«

Es hatte etwas mit Ettores Arbeit zu tun. Das war das Einzige, was Palmira wusste. Dann kullerten wieder die Tränen. Sanuti wartete ab, bis sie sich beruhigt hatte. Palmira wischte sich mit dem Handrücken die Augen trocken. Sanuti bot ihr etwas zu trinken an. Sie lehnte ab. Sanuti fragte, wo sie und Michele sich gewöhnlich getroffen hätten. Palmira nannte eine Adresse, Sanuti schrieb sie auf. Dann fragte er nach der Alten, nach dem Friedhof, nach jenem Cosimo Mele, den sie immer beschimpfte …

Als sie über die Alte sprachen, veränderte sich Palmiras Ton. Die war krank, wann es ihr gerade passte. Aber wenn sie wollte, verstand sie alles, und zwar sehr gut.

»Alles was?«

Alles, einfach alles, nichts entging ihr. Doch wenn sie die Kranke spielte, konnte sie diejenigen in ihrer Nähe besser tyrannisieren. Sanuti fragte, ob das bedeuten sollte, dass sich die Alte verstellte. Palmira schüttelte den Kopf: Sie wusste nicht, ob es Verstellung war. Sie wusste nur, dass sie schon seit langem nur so tat, als ob sie die Medikamente nähme … Sie wusste es, weil sie ihre Pillen öfters unterm Bett, unter dem Kissen oder in der Schublade des Nachtschränkchens gefunden hatte.

53.
(sie reden und sie reden nicht)

Genau so machen sie es: Sie reden und sie reden nicht. Wenn du ein Problem gelöst hast, tauchen tausend andere auf.

Draußen vor dem Fenster war es dunkel geworden. Violette Wolken bildeten Muster vor einem tiefblauen Himmel. Das Schweigen zog sich unendlich lang dahin, draußen vor dem Kommissariat war es, als sei die Stadt mit einem Mal verstummt.

Corona trat vom Fenster zurück.

»Versuchen wir, Ordnung zu schaffen«, sagte er schließlich. »Ist das Zimmer des Burschen durchsucht worden?«

Sanuti nickte. »Es steckt voller interessanter Dinge, da gibt es Dokumente von einem richtiggehenden Hackerclub.«

Der Blick des Staatsanwalts wanderte unverzüglich zum Maresciallo Pili. Der erwiderte ihn mit einem Schulterzucken, als wollte er sagen: Fragen Sie mich nicht, ich weiß genauso wenig wie Sie.

»Informationspiraten«, erklärte Sanuti. »Eine ziemlich gut organisierte Gruppe: *Cosmo Good* nennen sie sich. Wir haben sie bereits alle vorläufig festgenommen und verhört. Doch der

Verantwortliche für den Versand des Päckchens bleibt unbekannt. Wir sind dabei, dem Postbeamten die Fotos zu zeigen.«

»Eins frage ich mich«, sinnierte der Maresciallo Pili. »Wenn die sich so gut mit dem Computer auskennen, warum sollten sie dann zur Post gehen, um etwas aufzugeben, was sie auch auf elektronischem Weg verschicken konnten?«

Sanuti lächelte, die Frage war berechtigt. »Weil trotz allem der gewöhnliche Postweg die größte Diskretion garantiert. Wer diese Diskette zum Gericht geschickt hat, hat aus übergroßer Vorsicht einen Fehler begangen. Er war misstrauisch und hatte Angst.«

»Gut, gut. Das könnte stimmen. Was ist mit der Wohnung unter der Adresse, die von der Canepa genannt wurde?«

»Hm, da werden die Dinge schon wieder etwas komplizierter«, nahm sich Sanuti Zeit. »Wir haben die ganze Wohnung auf den Kopf gestellt, es gibt keine Zweifel, dass sich Michele Marongiu und Palmira Canepa dort regelmäßig trafen. Für ihn war es eine Art Unterschlupf. Wir haben Kontoauszüge und Dokumente dort gefunden ...«

54.

(Dokumente)

Gesundheitsministerium –
Erlass vom 5. August 1999
Änderungen zum Erlass des Gesundheitsministeriums vom 4. Juli 1995 und dessen Folgeveränderungen, der die Schutzmaßnahmen gegen die afrikanische Schweinepest in Sardinien betrifft.

Verfügungen des Regionalen Veterinäramts

Die klassische Schweinepest (KSP) wird von einem Virus aus dem Stamm der Pestiviren hervorgerufen.

Es handelt sich um einen besonders resistenten Infektionserreger, der in der Lage ist, mehrere Wochen in einer kontaminierten Umgebung (Schweinestall), mehrere Monate in Fleischprodukten (Wurstwaren, Schinken) und mehrere Jahre in tiefgefrorenem Fleisch zu überleben.

Um den Virus aus einer kontaminierten Umgebung zu entfernen, muss eine allgemeine Großsäuberung und anschließend eine gründliche Desinfektion durchgeführt werden.

Die Produkte auf Fleischgrundlage und alle Küchenabfälle müssen vor ihrer Verabreichung an die Schweine mindestens 20 Minuten lang bei Siedetemperatur gekocht werden.

Der Virus der KSP überträgt sich ausschließlich auf Haus- und Wildschweine. Er weist Strukturanalogien mit anderen

Man hatte den Eindruck, es mit einer Anhäufung zylindrischer, übereinander rollender Baumstämme zu tun zu haben. Einem Stapel wackliger Hölzer, die planlos und eilig zusammengeworfen worden waren. Bei der geringsten Bewegung, beim unmerklichsten Stoß, lief die Konstruktion Gefahr zusammenzustürzen. Doch auch das war ein deutlicher Eindruck, in diesem Kartenhaus gab es nichts, was dem Zufall überlassen worden war: Es war nur die geheime Geschichte, es waren Stimmen der Mauern und der Winde; das Geräusch der Laubblätter, die beim ersten Windzug auf dem Boden landeten. Es war eine alte und zugleich neue Geschichte. Eine Geschichte aus Rückständen. Eine Geschichte aus Schichten. Eine Geschichte, die man nicht erzählen kann.

In Michele Marongius Unterschlupf hatte man auch ein Heft mit Daten, Stückzahlen von Vieh und Berichte über einen nicht näher benannten Impfstoff gefunden.

Aus einer ersten Untersuchung ging klar hervor, dass Lillius Schweine einer ständigen Kontrolle unterstanden. Ebenfalls klar und deutlich ging aus den verkohlten Unterlagen hervor, dass Lillius Vieh bis vor zwei Jahren völlig gesund gewesen war.

»Ich habe da so eine Idee«, warf der Maresciallo Pili schließlich ein.

Sanuti und Corona sahen ihn an.

»Michele Marongiu hat den Posten des Bruders eingenommen. Vielleicht hat er das getan, was sein Bruder sich geweigert hat zu tun. Also – Ettore Marongiu erzwingt eine Vorbeugungskampagne, die tatsächlich einschlägt, und innerhalb weniger Monate ist die Schweinepest im Betrieb von Lilliu besiegt. Doch Lilliu ist nicht zufrieden. Für ihn bedeutet das nämlich, auf die Beiträge von Seiten der Europäischen Union verzichten zu müssen, und das ist leicht verdientes Geld. In den schlechten Zeiten von heutzutage ist es vorteilhafter, krankes Vieh als gesundes zu haben.«

»Was soll das heißen?«, wollte Sanuti wissen.

»Das soll heißen, dass ein Bruder die Tiere heilte und der andere sie krank werden ließ. Und ohne dass jemand einen Finger rührte, regnete es Subventionen.«

Das ist die Wirtschaft derer, die es nicht gut mit sich meinen. Das Los, sich immer etwas von den anderen zu erwarten.

»Das habe ich gemeint, als ich Ihnen sagte, dass das Übel, das wir uns selbst zufügen, schlimmer ist als das schlimmste Übel, das von außen über uns kommen kann«, sagte Corona zu Sanuti. »Der Feind ist in uns.«

»Das ist eine komplexe Geschichte«, winkte Sanuti ab. »Mir scheint, so wie die Dinge gelaufen sind, hattet ihr keine große Wahl.«

Pili stieß ein wieherndes Gelächter aus. »Aufgepasst, diese Geschichte gibt es aber nicht erst seit heute, auch nicht seit gestern. Wissen Sie, was wir dem Erbprinzen Carlo Alberto von Savoyen bei seinem ersten Besuch in Sardinien geschenkt haben?«, fragte er unverblümt.

56.
(der Zwerg von Carlo Alberto)

Diese Geschichte beginnt an einem Tag im April 1829 … Als Erbprinz Carlo Alberto von Savoyen in einen dunkelblauen Mantel gehüllt vom Bug seines Segelschiffs *Magnificat* aus die Küsten Sardiniens in Augenschein nimmt. Der Himmel ist klar, von einem zartblau gesprenkelten Weiß. Dieses Land ist der Panzer einer Riesenschildkröte, denkt er. Wenn man richtig hinschaut, wirkt diese Erde in drei Meilen Entfernung beinahe kahl. Seine Majestät zieht die fein ziselierte, vielleicht etwas zu lange Nase hoch und atmet das volle Aroma ein, das das Inselland verströmt.

»Das Land wirkt öde«, sagt er mit der nagelneuen Stimme eines zukünftigen Königs zum Kardinalvikar, Baron Sansilvestro, der ihm einige Schritte dahinter folgt.

»Der Graf La Marmora versichert …«, beginnt er.

Doch schon verliert sich der Blick des Prinzen: »Was versichert La Marmora?«, fragt er schließlich, ohne sich umzudrehen, und kneift wegen dem Wind die Lider zusammen. Ihm ist aufgefallen, dass der Baron plötzlich verstummt ist.

»Er versichert, dass es nicht an Vegetation mangelt, es handelt sich, Euer Ehren, zwar nur um bescheidenes Buschwerk, hauptsächlich wilder Art, doch man hat dafür gesorgt, dass Tannen in den Berghöhen und Pinien längs der Küstenwege gepflanzt werden …«

Inzwischen kommt ihnen die Küste entgegen: »Und Menschen, gibt es dort Menschen?«, fragt Seine Hoheit erneut.

»Zum Teil zivilisierter Art«, beeilt sich der Kardinalvikar. »In den Städten am Meer«, fügt er abschließend hinzu.

Über anderes wird am Bug der *Magnificat* nicht gesprochen.

Also nimmt die Geschichte ihren Verlauf bei jener unterbrochenen Rede und der anschließenden Klarstellung. *Le Voyage en Sardaigne* von Carlo Alberto ist nichts weiter als das Herumwirbeln einer Rassekatze in einem Hof, in einem *jardin sauvage*, um ihr Territorium zu markieren.

An stürmischen Tagen, wenn die Pferde vorm Gespann schnauben und die Blattfedern der Karosse auf den Triften der Insel ächzen, leidet der Prinz und verflucht sein Prinzenschicksal, das ihn von den Rosengärten seines Schlosses Valentino entfernt und an jenen zeitlosen Ort versetzt hat.

Aber es gibt Pinien und auch Tannen, und auch Menschen, wenn man sie so nennen mag.

Und es gibt jede Art kleiner Dinge: kleine Eichen, kleine Pferde, kleine Häuser … alles in Kleinformat … Hirsche, die wie Windhunde aussehen, und Adler, die wie Mäusebussarde aussehen. Und Menschen klein wie Zwerge … Nur ihre Augen sind groß wie Perlen aus Obsidian.

Bärtige Honoratioren bereiten ihm einen Empfang mit rustikaler Pracht, sie bieten ihm Minischauspiele mit kleinen Reitern auf kurzbeinigen arabisch-sardischen Hengsten, mit säuerlichem Speck zubereitete Speisen und ausgewähltes junges Fleisch vom Rost, viel zu süße Backwaren, die schwer wie ein böser Geist im Magen liegen ... Das hier sind keine feinen Blätterteigwaren, alles ist grobschlächtig ... Grob ist die Kleidung, das Gehabe, die Rede.

Das Italienisch aus ihren Mündern klingt wie eine harte Leier, ihr Französisch ist noch schlimmer ... Der Kardinalvikar und Baron tut, was er kann: Er greift Dingen vor, macht auf etwas aufmerksam, kostet ... geht voraus.

Doch es ist eine wahre Tortur, der Prinz wird blass und schläft schlecht auf den Prokustesbetten, und in der Nacht heulen die Hunde und der Wind zerzaust die Locken, die Frauen sind schwerfällig und misstrauisch.

Carlo Felice, der schwach auf den Nieren und der Lunge ist, ist in Turin geblieben, aber er hat königliche Grüße und Umarmungen für die sardischen Untertanen gesandt. Er hat seinen Sohn geschickt, der ebenfalls König sein wird, denn Sardinien ist eine Kornkammer, reich an Bergwerken und Männern. Ein Reservoir von Arbeitskräften und Soldaten für ein Italien, das es zu vereinen gilt.

»Lass deine Truppen aufmarschieren«, hat Felice zu Alberto vor dessen Abreise gesagt. »Denn man erzählt mir, dass diese Sarden hartnäckig und kriegerisch sind, keine stattlichen Krieger, sondern Köter, die sich in den Waden des Feindes festbeißen und nicht mehr loslassen. Das wird mir über die Sarden berichtet ...«

Es ist nun Anfang Mai und Erbprinz Carlo Alberto sitzt schweißüberströmt unter der Zeltglocke aus schneeweißem, grobem Leinen, die ihn vor der Gluthitze Cagliaris schützen soll. Er macht dem Marchese von Yenne mit dem Kinn ein Zeichen. Der Marchese, der sich zu diesem Anlass im Piemonteser Stil gekleidet hat, klatscht in die Hände, auf dass dem zukünftigen Herrscher sein Geschenk dargebracht werde.

Es ist ein Geschenk, aber auch ein Omen. Es ist ein kleiner Karren, vor den ein kleiner Rotfuchs mit Federbusch gespannt ist und der von einem Zwerg gelenkt wird.

Alles, einschließlich des Zwergen, wird auf die *Magnificat* verfrachtet.

Dieser Zwerg heißt Gaspare Cubeddu und wurde siebzehn Lenze zuvor in der Pfarrkirche von San Pantaleo in Marco Emerita, im Landesinnern getauft …

»Das sind die Zwerge aus dem Landesinnern …«, erklärt der Baron von Sansilvestro rasch.

Doch wenn man richtig hinschaut, ist Gaspare nicht wesentlich kleiner als der Marchese und gewiss größer als die Marchesa …

Auch eine Hausmagd, ein Frauchen ohne Lob und ohne Tadel, wird angeworben. Sie sieht aus wie eine Kohlezeichnung mit misstrauischem Blick. Sie kann spinnen, isst wenig und schläft noch weniger. Sie heißt Adelasia, wie die weiße Witwe von Enzo, dem Normannen, und ist zwölf Jahre alt … Die Marchesa hat sie höchstpersönlich unter den zwölf Kindern eines Hirten auf den Besitzungen der Trexenta ausgewählt. Zu diesem Anlass wurde sie mit dem Striegel geschrubbt und trägt eine aschgraue Tunika und Schuhe, und die ganze Qual, die daraus folgt.

Die Reise auf dem Schiff machen sie, Gaspare und Adelasia, gemeinsam: Sie ist für die Palastküchen eingeteilt, er für den Karren und das Pferdchen …

57.
(Zwerge, Riesen)

Das ist es eben: Wir haben ihm einen Zwerg geschenkt und haben uns selbst einen schlimmeren Streich gespielt, als unser schlimmster Feind es hätte tun können. Aus diesem Grund wurden wir stets wie Zwerge behandelt und wir haben es uns gefallen lassen. Und als sie uns wie Männer behandeln wollten, haben wir uns aufgelehnt. Denn gekämpft haben wir nur, um unseren Status als Zwerge beizubehalten. Um um Unterstützungen zu betteln, um als angebliche Viehzüchter Rente zu beantragen, um Monsterbauten mit Zuschüssen von der Regionalverwaltung hochzuziehen. Zwerge mit Zwergenseele wollten wir sein. Unser Stolz war nur mit Spucke aufgeklebt und wir waren neidisch auf die, die keine Zwerge sind.

Wir haben ihm einen Zwerg geschenkt. Zwerge mit Zwergenherz – einem blutrünstigen, furchterregenden Herz, das jeden Moment vor feiger Wut, jener unsichtbaren Wut der Sklaven, zerbersten kann.

Zwerge mit Zwergenblick – ein Blick, der nicht über den Hof des eigenen Hauses hinausreicht.

Das ist das Leiden: Sich selbst als Zwerg sehen, selbst wenn man ein Riese ist.

Das ist das Leiden: Sich über die Größe anderer nicht freuen können, allesamt als Zwerge sehen wollen, denen die Beine brechen, die zu sehr wachsen, aus ihnen Zwerge machen …

Sich zufrieden geben, das ist das Leiden, beim Gewicht schummeln, so argumentieren, als hätte man nur eine Haben- und keine Sollseite.

Aber auch die Tränen versiegen einmal, gehen zu Ende. Auch zu weinen hört man auf, irgendwann.

Und man muss das Leben selbst in die Hand nehmen, sich weigern, es immer nur Zwergenpolitikern zu überlassen.

Wie viel Liebe sich hinter dieser Wut verbirgt. Man könnte schreien. Wie viel Liebe.

Von welcher Seite man diese Wut auch anschaut, es entgeht einem etwas. Von welcher Seite man sie auch nimmt, man muss sich fügen.

Unsere Geschichte wird im Flüsterton erzählt und man muss schweigen, um sie zu verstehen. Es ist eine Geschichte von Zwergen, die auf Riesen warten, welche sie auf ihren Schultern übers Meer tragen, woandershin, in die Welt.

58.
(wie ist es, jetzt)

Francesco Lilliu konnte noch rechtzeitig entwischen. Er ist auf und davon. Wohin auch immer. Und sie suchen nach ihm.

Mauro Mele wurde bestätigt, dass er nicht in die Sache mit der Schweinepest verwickelt war. Aber man ermittelt gegen ihn wegen des Todes von Michele Marongiu, der tot auf seiner Baustelle gefunden worden war. Er wird verdächtigt, für die Inszenierung mit dem Schweineblut verantwortlich zu sein, mit der Lilliu in den Dreck gezogen werden sollte. Die Ermittlungen werden fortgesetzt, bisher ohne Ergebnis.

Maddalena Marongiu bleibt weiterhin die Hauptverdächtige wegen des Todes ihres Ehegatten. Die Ermittlungen werden fortgesetzt.

Mariangela Mulas Marongiu wurde in einem Altenheim untergebracht, ihr Gesundheitszustand verschlechtert sich von Tag zu Tag.

Palmira Canepa wurde von jedem Verdacht freigesprochen. Sie hat einen Knaben entbunden. Ihre Besitztümer sind bis zum Abschluss der Ermittlungen beschlagnahmt.

Raffaele Marongiu verbüßt derzeit, da er volljährig ist, eine mindere Strafe wegen Computerdelikte. Seine Rolle wird, auch was die Todesumstände seines Bruders angehen, von den Ermittlern überprüft.

Die Umstände des Todes von Ettore Marongiu sind zurzeit in aller Munde.

Costantino Cossu, Letizia Mele und die anderen Anhänger der Gruppe *Cosmo Good* gelten als nicht strafrechtlich verfolgbar, da sie noch nicht volljährig sind. Sie stehen jedoch unter der Aufsicht von Sozialarbeitern, die das Gericht ausgewählt hat.

Der endgültige Leichenbefund von Michele Marongiu besagt, dass er wahrscheinlich im Schlaf brutalst erwürgt und anschließend zur Baustelle transportiert wurde, wo man ihn dann gefunden hat. Zuverlässige Zeugen sollen behauptet haben, dass sich in der Todesnacht die Arbeiten auf der Baustelle bis spät hinzogen. Dazu befragt, leugnete Mauro Mele entschieden, Überstunden angeordnet zu haben. Die Ermittlungen sind noch nicht abgeschlossen.

59.
(deshalb)

»Warum?« Letizia Meles Stimme klang wie das Winseln eines verletzten Hundes.

Costantino blickte, ohne zu antworten, über die Brüstung. Unter ihnen färbte sich der Tag in ein tiefes, sternenloses Blau.

»Warum?«, wiederholte sie noch wütender.

»Du weißt es schon«, sagte er, ohne sich umzuwenden.

»Ach«, meinte sie, »deshalb.«

Einige Minuten schien es, als gäbe es nichts mehr zu sagen.

»Was für ein Arschloch«, zischte Letizia dann. »Ein Arschloch und ein Feigling.«

»Nutte«, konterte Costantino.

Daraufhin schlug sie ihn. Von hinten verpasste sie ihm einen Schlag ins Genick, wenn auch nicht allzu heftig. Costantino drehte sich überrascht um und sah ihr in die Augen. Er nahm eine leichte Bewegung ihrer Lippen wahr, und bevor sie wieder etwas sagen konnte, gab er ihr eine Ohrfeige.

Das Patt dauerte so lange, dass es reichte, um rot zu werden. Ohne Vorankündigung streckte Letizia das Bein aus und trat Costantino in den Unterleib. Er krümmte sich, die Fäuste zwischen die Oberschenkel gepresst, um Schmerz und Ekel in seine Gewalt zu kriegen. Er fiel auf die Knie. Sie stand nur da und sah ihn an. Dann fing sie an, wahllos auf seinen Kopf und seine Schultern einzuschlagen. Ohne ein Wort. Costantino tat sein Bestes, um sich zu schützen, denn er spürte, dass der Schmerz in den Leisten in ein allgemeines, aber noch erträgliches Unwohlsein überging. Dann packte er sie an einem Handgelenk und verbog es, bis sie vor Wut und vor Schmerz schrie.

Er zwang sie, sich nach vorne zu beugen, und sie beugte sich, ohne den Kopf zu senken.

Jetzt waren ihrer beider Gesichter nur wenige Zentimeter voneinander entfernt, ihre Atemströme vermischten sich.

Sie schubste ihn, so dass er sich setzen musste, und versuchte gleichzeitig, wieder auf die Beine zu kommen. Doch sein Griff um ihr Handgelenk war eisern, er konnte sogar die Konsistenz ihrer Sehnen und des Knochens spüren. Sie landeten auf dem Gehsteig und schlugen aufeinander ein. Da die Übelkeit sich verflüchtigte, konnte Costantino seine körperliche Überlegenheit ausspielen. Er zwang sie mit den Schultern auf den Boden. Sie krümmte sich wie eine Gebärende und trat mit den Beinen in die Luft. Er behielt die Kontrolle über sie, ahnte, dass es genügte, sich außer Schlagweite zu halten. Mit dem Unterarm blockierte er jede Bewegung ihres Halses. Sie versuchte etwas zu sagen, dann ließ sie vom Kampf ab. Sie standen da und sahen sich an, wie der Habicht und der Wiesel. Sie spürte, wie der Druck auf ihren Hals nachließ. Er dachte, dass er noch nie Augen von einer solchen Farbe gesehen hatte. Sie spürte die keuchende Wärme seines Körpers.

Letizias Lippen schmeckten nach Eisen und nach Blut. Ihre Zunge war eine pralle Frucht. Ihre Brüste …

60.
(der Wind spricht)

Man erzählt sich, dass Maddalena Marongiu ihren Mann umgebracht hat, weil er eine andere Frau geschwängert hatte. Man erzählt sich, dass sich die Dinge folgendermaßen abgespielt haben: Er ist nach Hause gekommen und wortlos zu Bett gegangen. Man erzählt sich, dass es in den letzten Monaten zwischen Maddalena und Michele nicht viele Worte gegeben hatte. Und sie war argwöhnisch wie eine Katze geworden. Sie muss seine Jackentaschen durchwühlt haben, das steht fest, denn sie hat das gefunden, was sie gefunden hat …

Man erzählt sich, dass sie ihn mit eigenen Händen erwürgt hat, noch bevor er überhaupt Gelegenheit gehabt hatte, sich zur Wehr zu setzen.

Dann ist sie, wie es scheint, zur Schwiegermutter gegangen und hat sie in alles eingeweiht, ohne irgendetwas auszulassen: die Geliebte, das Kind, das erwartet wurde, Michele tot in seinem Bett.

Man meint, Mariangela vor sich zu sehen, wie sie zuhört und einen wachsamen Blick aufsetzt, kein Wort entgeht ihr, sie nickt.

Der Tod ist kein Unglücksfall, er ist der Lauf der Dinge.

Man meint, Mariangela vor sich zu sehen, wie sie sich ankleidet, stumm zur Kleidertruhe geht und eine zerfetzte Jacke herauszieht. Es ist das Jackett eines Bräutigams, wie es aussieht, der Stoff ist abgewetzt, doch einst muss er schön gewesen sein …

Man erzählt sich, dass sie Raffaele mitten in der Nacht weckten – Mariangela und Maddalena. Und dass er es gewesen war, der die Idee mit dem Wegschaffen von Micheles Leiche hatte, während Mariangela sagte, er solle eingekleidet werden, denn in ihrem Kopf waren alle Tode ein einziger Tod. Sie brachten ihn zur Baustelle wie die Marien und Johannes, die Christus vom Kreuz nehmen. Was den Rest angeht, bedarf es jahrhundertealter Weisheit, denn das Schauspiel des Todes verlangt Wissen und Erfahrung. Das Schweineblut, die Jacke und alles andere scheinen aus einem Drehbuch zu stammen, das die Zeit geschrieben hat …

Vielleicht war es Raffaele selbst gewesen, der die mechanische Schaufel manövrierte, an der Michele hing, so dass es wie ein Mord ganz anderer Art oder wie ein Mord durch Erhängen aussah so wie bei Ettore, Gott hab ihn selig. Alles geschah mitten in der Nacht, die Maschinen brüllten und starker Wind fegte den Boden glatt.

Und sicher war es Mariangela, die die Leiche mit der Hochzeitsjacke von Cosimo Mele bekleidete, und Maddalena, die ihn mit dem Blut übergoss. Denn die beiden wissen, wie die Dinge getan werden müssen. Sie wissen, dass im Theater des Todes Gestern und Heute nichts sind. Sie wissen, dass in jedem Tod die ganze Geschichte steckt, man muss sie nur zu lesen wissen.

Sie wissen.

Man erzählt sich, dass der Leichnam auf den Boden aufschlug, während sie ihn hochzuhalten versuchten und Maddalena und Mariangela ihm die Fingernägel am Felsgestein brachen.

Vielleicht war es die Alte selbst gewesen, die die Spurenabdrücke mit Zweigen vom Boden fegte, so wie sie es bei ihrem Vater, dem Viehdieb, gelernt hatte. Den Rest hat der Wind besorgt … was hätte er alles zu erzählen.

61.
(Abendgebet)

Geraubtes Licht, Geisel eines düsteren Abends, Finsternis ohne Erlösung.

»Was machen wir?«, fragte Sanuti.

Corona sah ihn wortlos an.

Pili lenkte seine Schritte zur Tür: »Ich gehe, es ist spät, stellt euch das Gezeter meiner Frau vor …«

Corona war versucht, ihn aufzuhalten. »Was machen wir?«, fragte auch er.

Pili drehte sich um: »Was macht ihr«, klärte er sie auf. »Ich habe getan, was ich tun musste.«

Sanuti streckte dem Maresciallo die Hand entgegen.

»Danke«, sagte er.

Der Maresciallo lächelte leise: »Ihr seid erst am Anfang«, sagte er leise, »ihr seid erst am Anfang.«

Corona sah ihm nach, während er hinausging: »Was für eine Person«, kaum war er mit Sanuti allein. »An die Arbeit!«, sagte er und setzte sich auf seinen Bürostuhl.

Sanuti lockerte den Knoten seiner Krawatte. Er wollte sich hinsetzen, überlegte es sich jedoch anders und ging zum Fenster. »Darf ich?«, fragte er und öffnete es.

Corona nickte.

Der Wind trug ein abendliches Glockengebimmel am Hals zahmer Schafe aus dem Tal herauf …

62.

(was wir schon immer wissen)

Wir wissen, dass die Erkenntnis nicht von dieser Welt ist. Und dass die Erklärungen Stimmen sind, Stimmen des Ortes. Sie sind Gesänge eines Chors, der sich nach allen vier Himmelsrichtungen ausrichtet.

Wir wissen, dass die ganze Wahrheit in aller Munde ist …